KB004964

그 남자, 그 여자의 부엌

OTOKO TO ONNA NO DAIDOKORO

By Kazue Ohdaira

Copyright © Kazue Ohdaira 2017

All rights reserved.

Originally published in Japan by HEIBONSHA LIMITED, PUBLISHERS, Tokyo

Korean translation rights arranged with

HEIBONSHA LIMITED, PUBLISHERS, Japan

through Linking-Asia International Culture Communication Inc.

오다이라 가즈에 글·사진

김단비 옮김

그 여자의 부엌
그 남자,

부엌에서 마주한 사랑과 이별

앨리스

일러두기

· 옮긴이 주는 어깨글로 표기했습니다.

· 인명과 지명 등의 외래어 표기는 국립국어원의 규정을 따랐으나, 이미 굳어진 말은 관용적 표현을 따랐습니다.

· 연령·직업·거주지 등 거주자 프로필에 관한 정보는 모두 취재 당시의 것입니다.

· 책에서 '숫자+알파벳'으로 표기된 부분은 일본에서 집 구조를 나타내는 말입니다. 숫자는 방의 개수, 알파벳은 공간의 성격을 의미하며 K는 kitchen(부엌), D는 dining room(식사 공간), L은 living room(거실), S는 service room(여유 공간)을 말합니다. 일반적으로 K는 작은 부엌만 있는 집, DK는 부엌에 식사 공간이 있는 집, LDK는 그 식사 공간이 넓어 거실로 이용할 공간까지 있는 집, SLDK는 거기에 추가로 여유 공간이 있는 집입니다.

애달픈 비밀의 공간

카메라를 메고 홀로 모르는 집에 찾아간다. 현관에 들어서면 어색하게 인사를 나누고 부엌으로 직행해 삼각대를 세우고 촬영을 시작한다.

뻔뻔하지 않으면 할 수 없는 부엌 취재가 어느새 140곳을 넘었다. 요리를 잘하고 못하고는 관계없다. 세련됐나, 깔끔한가, 낡은 것인가 새것인가도 묻지 않는다. 유명인이 아닌 평범한 사람들의 특별하지 않은 부엌. 하지만 그곳에는 반드시 크고 작은 이야기가 있다.

부엌이란 참으로 희한한 공간이다. 첫 만남임에도 부엌에서 마주하면 마음 깊숙한 곳에 묻어둔 응어리와 고충을 털어놓게 된다. 과거의 쓰라린 이별이나, 현재의 고민과 골칫거리를 토로 하는 이도 있다. 평소에는 남에게 드러내지 않는 비밀의 공간이라, 그곳에 발을 들여놓으면 사람은 마음의 빗장을 조금 푸는가 보다. 반대로 행복과 기쁨은 나란히 놓인 와인잔이나 만들어둔 그라탱에서 아무리 숨기려 해도 숨겨지지 않고 흘러넘친다.

이 책에서는 '사랑'을 테마로 부엌을 그렸다. 속마음을 들으려 해가 바뀌는 동안 몇 번이고 드나들었다. 그러는 사이 결혼을 한 사람도 있다. 커다란 질냄비가 늘어나고, 가족이 줄기도 하고, 찬장을 통째로 없앤 사람도 있다.

그들의 부엌을 드나들면서 생각했다. 왜 부엌에는 이토록 사람 냄새 나는 이야기가 가득할까. 이건 취재 당초 나 자신조차 상상하지 못했던 점이기도 하다. 드라마는 있겠지만, 그곳에 부부의 애정과 세월, 삶의 보람, 나아가서는 인생을 바라보는 근원까지 숨어 있으리라고는 생각지 못했다.

하지만 차츰 알게 되었다. 대부분의 사람들은 기운이 있는 날이나 없는 날이나 밥을 지어야 한다. 언제 어느 때건 부엌에 서서 무언가를 만드는 행위는 변함이 없다. 다투고 나서 화가 난 채 설거지를 할 때도, 화해한 뒤 그 사람이 좋아하는 안주를 신나게 만들 때도, 두 사람이 한 사람이 되든, 두 사람이 세 사람이 되든, 누구에게나 같은 내일이 오고 어제와 마찬가지로 살아가기 위해 부엌에 선다. 그곳에는 더하거나 빼는 것 없이 있는 그대로의 나 자신이 있다.

잡지에 실리는 근사한 부엌에서는 웃음과 단란함과 맛있는 음식이 그려진다. 그러나 살다보면 맛있는 음식을 만들 기분이나 몸 상태가 아닐 때도 있다. 그곳에는 뜻대로 되지 않는 사정과 이야기가 있다.

내가 보아온 바로는 어떤 부엌에나 아주 약간의 애절함과 애달픔이 섞여 있다. 생활이란 그런 것이다.

뻔뻔스럽게 부엌 안으로 성큼성큼 들어가면 그런 것들이 조금씩 겉으로 드러나고 훤히 들여다보인다. 그렇기 때문에 나는 이 공간에 이끌린다.

설탕과 간장, 기름병에 약간의 애달픔과 괴로움이 뒤섞인, 비밀의 공간이 품은 저마다의 사랑 이야기에서 내가 받은 작지만 따스한 것들을 꼭 전하고 싶어 이 책을 만들었다. 쉽게 눈에 띄지도, 손에 잘 잡히지도 않는 행복이라는 녀석의 실마리를 열아홉 개의 이야기에서 발견하기 바란다.

같은 식탁
다른 음식은
끝의 시작

자영업(여성) | 55세
고쿠분지시 | 분양 단독주택 | 3LDK
1인 가구

남자와 푸른 잎 나물은

궁합이 나쁘다

2년 전의 취재에서 그녀는 위와 같은 명언을 남겼다. 어떤 심정이었을까.

마흔 살 무렵, 미국에서 매크로비오틱(자연식)을 배워 온 사촌에게 영향을 받아 호기심에 채식을 시도했다. 알맞게 체중이 줄고, 어릴 적부터 시달리던 어깨 결림이 사라졌으며, 짜증도 줄었다. 그것을 계기로 차츰 채식 중심의 생활로 바꾸어갔다. 간이 센 음식과 고기 요리를 좋아하는 남편과는 당연히 틈이 벌어졌다.

예컨대 저녁식사 메인으로 그녀는 두부, 남편은 고기.

"나물을 주면 아무래도 성에 차지 않는지 남편은 간장을 콸콸 뿌려 먹곤 했어요. 같은 식탁에서 다른 음식을 먹다보면 어쩔 수 없이 마음도 조금씩 멀어져요. 원래 남자는 채소나 나물 같은 걸로는 배가 차지 않는 법이에요."

마흔여덟 살에 이혼. 그리하여 앞서 말한 명언이 등장했다.

이번에 다시 그녀의 부엌을 찾았을 때는 더욱 주옥같은 금언을 여럿 수집할 수 있었다.

싱크대 정면의 작은 창 너머에 블랙베리 덩굴이 뻗어 있고, 필요한 것에 손이 닿는 아담한 부엌은 2년 전과 다름없다. 한여름인데도 에어컨은 없다. 발을 쳐놓은 현관을 열어두면 집 안에 살랑바람이 통한다. 선풍기 바람도 기분 좋고, 도쿄 안이지만 밭에 둘러싸여서인지 도심보다 기온이 2~3도 낮게 느껴졌다.

유일하게 바뀐 점이라면 새로운 파트너의 존재다. 먼젓번 취재 때도 이미 만나고 있었던 모양인데, 나물과 남자의 궁합 얘기에 너무 열을 올린 나머지 새 파트너의 존재를 이야기할 기회를 놓쳤단다.

덧셈하는 남자,
뺄셈하는 여자

"뭐야, 당신, 잘난 척 그만해."

저녁식사로 현미와 두부를 먹고 있는데 남편이 말했다. 육류 같은 동물성 단백질을 피해 채소와 건조식품, 콩을 중심으로 자기 몫의 채식을 만들어 먹고 있었다. 남편에게는 그가 좋아하는 고기와 생선을 내어주었다. 그야말로 같은 식탁 다른 음식이다. 채식을 하기 전까지는 그녀도 남편과 같은 식생활을 했다.

"스물여덟에 결혼해서 맞벌이로 회사 생활을 하느라 두 사람다 아침이 쥐약이었어요. 아침식사는 거르거나 달콤한 빵으로때우는 정도였죠. 저녁식사는 밖에서 만나서 자주 술을 마시고밥을 먹곤 했어요. 맞아요, 지금 생각하면 그 사람은 외식을 좋아했어요."

서른세 살에 교외에 독채를 샀다. 부지 내에 신축이 여섯 채나란히 있어 입주 당시부터 이웃끼리 자연스레 사이가 좋아졌다. 걸어서 금방 갈 수 있는 곳에 운치 있는 신사가 있고, 눈앞에는 밭이 펼쳐져 있다. 자그마한 집이지만 안락하고 주변 환경도마음에 들어 더할 나위 없다고.

남편이 요리를 할 때도 있었다. 다만 제멋대로 만드는 남자의요리라 '오늘은 그걸 만들어볼까' 하고 생각났을 때 커다란 냄비에 잔뜩 만들었다.

"전 남은 음식을 버리는 걸 아주 싫어하는 성격이에요. 그러니까 그 사람이 만들어놓으면 며칠 동안 똑같은 걸 혼자서 계속먹어야 해요. 그 사람은 퇴근이 늦으니 먹지 않고요. 만들어서그날 먹고 나면 다음은 전부 제 차지예요. 남기지 않도록 만들라고 부탁하는데도 들어준 적이 없었죠."

그의 요리에는 뚜렷한 특징이 있었다.

"뭐든 커다란 냄비에 왕창 만들어요. 큰 게 좋은가 봐요. 늘 덧셈만 하죠. 예를 들어 술을 마셔서 몸이 힘들면 술을 줄이는 게 아니라 재첩국을 먹어요. 그렇게 덧셈을 하는 사고방식이 점점 견디기 힘들어졌어요."

그녀가 채식에 흥미를 가진 것도 자연스런 흐름처럼 보였다. 되도록 안전한 식품을 몸이 필요한 만큼 섭취한다. '일물전체─物全體'라는 원칙을 가지고 식재료를 버리는 것 없이 전부 먹는다. 쌀은 도정하기 전의 현미 상태나 3분도미 정도의 상태로. 채소는 껍질과 잎도 버리지 않고 통째로. 필시 그녀는 뺄셈을 하는 사람이다. 만족을 아는 생활에 편안함을 느낀다. 그래서 남편의 대량 요리에 마음이 지쳐갔던 것이다.

저녁에는 채식을 만들어 먹었지만, 어쩔 수 없이 회사에서는 가급적 동물성 단백질이 없는 외식을 하려고 노력하는 정도였다. 카르보나라 대신 알리오 올리오 페페론치노로. 햄버그스테이크 대신 메밀국수로. 하지만 점심을 밖에서 먹으면 위가 더부룩했다. 저녁식사량까지 줄기에, 채식을 시작하고 3년 차 무렵부터는 직접 현미 도시락을 챙겨 다녔다. 그래야 안심하고 먹을 수 있고 몸이 가뿐하다.

남편이 아무 생각 없이 "잘난 척 그만해"라고 중얼거린 건 이 무렵의 일이다. 그로부터 5년 뒤 아내에게 "헤어지자"라는 말을 듣게 될 줄은 남편은 꿈에도 몰랐을 것이다.

이런 인생은 상대에게도
나 자신에게도 미안하다

마흔셋. 같은 식탁 다른 음식으로 식사를 마치면 남편은 곧장 2층에 있는 자기 방에 틀어박히는 게 일과였다. 식탁에서 말을 걸어도 건성으로 대답하는 게 전부면서, 자기 방에 가서는 같은 취미를 가진 여성 친구와 오래도록 통화를 하곤 했다.

휴일에도 자기 방에서 좋아하는 클래식을 온종일 들었다.

"좀더 대화도 하고, 산책이라든지 둘이서 함께하고 싶었어요. 그 무렵은 가정 내 별거라는 말이 가장 어울렸는지도 모르겠네요"라고 그녀는 회상한다.

더 마주하고 싶었다는 마음의 소리가 들리는 듯했다. 그 목소리가 남편에게 닿지 않았던 건 왜일까.

"그 사람은 회사에서 인사이동이 있어서 업무 포지션이 크게 바뀌었어요. 어깨가 축 처져 있었죠. 그런데 전 자유롭게 일하고 있으니 기운이 빠졌던 것 같아요. 집에 오면 언짢아지는 마음도 이해되고, 스트레스를 알면서도 끝까지 보듬어주지 못했던 점은 지금도 미안하게 생각해요."

아무리 그래도요, 그녀는 새로운 명언을 중얼거렸다.

"남자의 자존심은 성가셔요."

일이 잘 풀리지 않을 때는 알아서 눈치를 채서 자존심을 북돋 아주기를 바라죠. 언제나 '당신이 최고'라고 말해주기를 원해요. 자기의 아픔을 따뜻하게 보듬어주기를 원하죠. 그런데 먼저 다 가와서 어리광을 부리지는 못해요……

아내라면 누구나 남편이 심한 스트레스를 받았을 때 그래줄 수 있는 걸까. 식탁에서 건성으로 대답하는 사람에게, 그럼에도 포기하지 않고.

남자도 여자도 약하고, 폭풍이나 태풍이 오면 도망치고 싶고, 겁이 나고, 자기 하나도 감당하기 벅찬 존재 아닌가요. 인생이 잔잔하기만 하다면 좋겠지만 폭풍이 왔을 때 부부는 시험에 드 는 거예요, 필연적으로.

나는 이 집이 좋아. 가능한 한 오래 마음 편히 이 집에서 지내 고 싶어. 그렇다면 내 마음의 평화만 생각하고, 남편 일에 상관 하지도, 거스르지도, 말참견도 하지 말고 그냥 동거인으로 생각 하자.

그렇게 결심하고 5년을 보냈다. 남편은 저녁식사를 대부분 밖

에서 해결했다.

마흔여덟. 그녀는 정신이 퍼뜩 들었다.

"벌써 5년이나 흘렀다니. 앞으로 5년 뒤에 나는 어떤 모습일까? 지금 이대로 괜찮을까? 그제야 이런 인생은 나 자신에게도 상대에게도 미안하다는 걸 깨달았어요."

어느 날 "헤어지자"라고 말을 꺼냈다. 그의 대답은,

"왜?"

가정 내 별거라는 현 상황에 만족하고 있음을 알고 놀랐다.

"좀더 똑바로 마주하자."

"당신이야말로 내가 얼마나 힘든지 이해하고 말해."

이렇게 결이 어긋나는 대화가 있을까 싶었단다.

"그 사람은 근무 환경에서 오는 자기의 괴로움을 똑바로 마주하지 않는 게 문제였어요."

똑바로 마주한다는 건 어떤 의미로 무척 이기적인 말이라고 생각한다. 많은 사람이 '나를 보라'는 뜻으로 흔히 사용한다. 그러나 원래 '마주한다'라는 것에는 '상대의 시선을 받아들이는' 일도 포함되지 않을까.

4년 동안 130여 곳의 부엌을 취재하면서 나는 여러 부부에게 '마주한다'는 말을 들었다. 그때마다 실감하는 건 남자와 여자가 생각하는 '마주하다'의 방향이나 깊이, 뜻, 해석이 판이하게 다르다는 점이다.

마주하는 방향이 어긋났던 세월이 얼마나 괴로웠던가. 그녀는 이런 사실을 가르쳐주었다.

"이혼하기 전까지는 역시 마음이 힘드니까 여러 가지 일에 무심해져요. 아니, 그보다는 어느 정도 신경을 꺼야 견딜 수 있죠. 전 식물 키우는 걸 좋아하는데 그때 몇 년은 정원 손질을 못 했어요. 이혼하고 얼마 지나서 다시 시작했더니 지나가는 모르는 할머니가 '드디어 시작했네요'라고 말씀하시더라고요. 마음의 거스러미는 마당에도 드러난다는 걸 실감했어요."

지금 현관 앞에는 나팔꽃, 풍선초, 한련 등의 화분이 빼곡히 놓여 있고, 부엌 창문 너머에는 블랙베리가 처마 끝까지 자라 빨간 열매를 맺었다.

이혼한 지 7년이 지났다. 그녀는 조금 쑥스러운 듯이 말했다.

"좀더 일찍 결정했더라면 좋았을 뻔했어요. 그 사람이 결혼 소식을 전해왔거든요. 지금은 둘 다 각자 행복하니까 이혼은 우리에게 발전적 해소였다고 생각해요."

새로운 파트너와는 '와도 좋고, 가도 좋은 부담 없는 관계'라고 한다. 채식주의자는 아니지만 흥미로워하며 먹는다. 최근 그가 좋아하는 음식은 두부 된장 절임이다. 빵 만들기도 함께 즐긴다. 참고로 올해 그가 준 생일 선물은 훈제기였단다.

채식을 이해하고 호기심도 있지만, 그녀는 강요하지 않으려고 노력한다.

"매크로비오틱은 도가 지나치면 가족을 힘들게 만들기도 해요. 어디까지나 어른의 취미죠. 계율은 아니에요. 전 밖에서는 꼬치구이집에도 가고, 여럿이 모여 즐길 때는 뭐든지 먹어요. 그 사람과도 그런 식으로 유연하게 즐기고 있답니다."

현재 쉰다섯 살. 결혼 생각은 이제 없다고 한다.

그렇지만 그녀에게는 잊지 못할 어느 부부의 광경이 있다. 학창 시절, 스무 살 언저리의 일이다. 다니던 그림교실 선생님 부부가 이런 대화를 나누었다.

남편 "어제 꿈에 무지개가 나왔는데 정말 예쁘더라."
아내 "그 무지개, 나도 보고 싶다."
남편 "당신도 봤어. 그 꿈에 당신도 있었거든."

얼마나 사이 좋아 보이던지, 자신에게도 언젠가 그런 파트너가 나타날까 하고 그녀는 천진하게 미래를 꿈꿨다.

"나이를 먹어도 그렇게 서로를 위해주는 부부 관계를 유지하는 일이 얼마나 기적 같은 일인지, 그때의 저는 아무것도 몰랐지

만요. 참 멋진 부부죠?"

부부이든 아니든. 그녀가 남녀의 사랑에서 추구하는 것이 무엇인지 알 수 있었다. 그 광경을 몇 십 년이나 기억하고 있다. 그 또한 소중한 일이다.

주어지고,
떠나가고,
보살핌받고,
사랑받는

회사원(여성) | 46세
스기나미구 | 분양 맨션 | 3LDK
아들(21세)과 2인 가구

부모의 모습을

좇다

열아홉 살에 아버지를, 마흔두 살에 어머니를 여의었다. 친정집은 2014년까지 시모키타자와에 있었다. 그 집은 퇴거 전에 취재한 적이 있다. 은방울꽃이며 동백이며 계절마다 꽃이 피는 마당이 딸린 오래되고 커다란 일본 전통가옥이었다. 돌아가신 할머니가 옛날에 다도를 가르치셔서 아홉 평 남짓한 다다미방에는 바닥에 화로가 파여 있고, 부엌에는 그릇을 좋아하는 사람이라면 탐을 낼 만한 동서고금의 도자기들이 빼곡히 들어차 있었다. 그릇과 다도에 쓰는 장식 꽃, 다구를 바라보기만 해도 한없이 시간이 흘러갈 것 같은 분위기였다.

할머니, 아버지, 어머니를 떠나보내고, 그 사이 이혼을 하고, 마지막에는 대학생인 아들과 둘이서 철거 직전까지 친정집에서 살았다. 이제 곧 그 집을 떠나 맨션으로 이사하려는 시점에 내가 취재차 방문했었다.

담담하고 낮은 목소리로 시간을 들여 차분히 말을 고른다. 어딘가 고독하고 초연한, 고요한 누에고치 속에 있는 듯한 독특한 분위기가 있다.

시종일관 쓸쓸한 기색 하나 내보이지 않던 그녀가 취재 후 얼마 지나 "이사를 해서 무엇이 쓸쓸한가 굳이 묻는다면 매년 부엌 창문에 찰싹 달라붙는 도마뱀붙이와 마당에 핀 은방울꽃과 헤어지는 일이에요"라며 도마뱀붙이 사진을 첨부한 메일을 보내왔었다. 고고한 사람의 마르지 않는 슬픔이 비쳤다.

2년 뒤, 이번에는 대학생 아들과 둘이 사는 니시에이후쿠에 위치한 신축 맨션을 찾았다.

"앞으로 천천히 초록 식물을 늘려가려고요."

넓은 베란다 귀퉁이에 산 지 얼마 되지 않은 산초 모종과 허브 화분 세 개가 오도카니 줄지어 있다.

오픈 키친에 연베이지 마룻바닥. 모던한 거실 한 편에 폭이 몇 십 센티미터는 돼 보이는 커다란 아버지의 유영遺影과 그 옆에 작은 액자에 든 어머니의 유영이 있다. 아들이 없는 날에는 유리컵에 맥주를 따라서 "아빠 엄마, 저 오늘 열심히 살았나요?"라고 물으며 첫 모금을 마시는 게 습관이다.

오전인데도 어딘지 오후의 햇살처럼 온화하고 둥근 공기가 방을 감싼다. 신축 맨션의 반짝반짝하는 날카로운 느낌이 없다.

그녀는 정들었던 시모키타자와에 대한 미련은 이야기하지 않는다. 하지만 아들과 스마트폰 게임 '포켓몬 GO' 이야기를 할 때의 일이다.

"시모키타자와라면 어디에 뭐가 있을까? 옛날 집 근처 공원에는 있을 것 같지?"

"아아, 거기 가면 나 너무 그리워서 안 돼."

"나는 피콕스토어의 산세이도서점에 꼬맹이 때 네가 있을 것 같고, 그 밑에 있는 중국집에서 너랑 할머니가 밥을 먹는 모습이 떠올라서 눈물 날 것 같아."

친정집을 떠난 지 만 2년이 지나가는 그날, 처음으로 아들의 고백을 들었다.

"나 시모키타자와 집에서 이사하는 날 아침에 실은 다다미방에서 엉엉 울었어."

마침 시모키타자와에 사는 나에게 부동산 정보를 몇 가지 물어왔다. 언젠가 정든 고향으로 돌아올 생각임에 틀림없다.

방송국에 다니는 아버지의 일 때문에 어린 시절에는 영국에서 살았다. 아버지는 오페라를 보러 가는 날이면 "이게 정장이지"라며 재미있다는 듯 기모노 차림으로 외출했다. 종종 휴일이면 온갖 향신료를 준비해 8시간에 걸쳐 카레를 끓였다. 귀국 후 시모키타자와에서도 어머니와 손을 잡고 걷다 마주치는 이웃들이 "늘 손을 잡고 계시네요"라며 놀려도 개의치 않았다. 근처 술집에서 일하는 배달 청년과도 어느새 친해져서 "그 녀석 재밌는 녀석이야"라고 말하기도 하고, 청년도 배달을 오면 시음용 와인이나 일본술 따위를 슬쩍 끼워 넣어주곤 했다. 사람을 나이나 지위는 물론이고 인종이나 성장 환경으로 구별하지 않는 너그러운 인품이었다.

"근데 어렸을 땐 당근이며 셀러리며 오이, 가지를 무섭도록 다져 넣고 부글부글 끓이는 아버지의 카레를 그다지 좋아하지 않았어요. 점점 맛있게 느끼기 시작했을 무렵에 돌아가셔서 아쉬웠죠."

한편 어머니는 어머니대로 일식, 양식, 중식 뭐든 뚝딱 만들어낼 정도로 요리 실력이 뛰어났다. 영국에서는 테이블보 위에 마당에서 꺾은 꽃을 빠뜨리지 않고 작게나마 장식했다. 그릇 선택이나 플레이팅도 자기만의 스타일이지만 센스까지 훌륭해서 앨범만 봐도 테이블 코디네이트의 아름다움이 한눈에 보였다.

결코 앞에 나서지 않으며 늘 미소를 유지했다. 온화하고 느긋한 성격이라고, 그녀는 오랫동안 믿었다고 한다. 그런 사람이었기에 어머니의 품에서 아버지는 자유롭게 살 수 있었다고.

하지만 지금은 어머니의 과거를 친척 등을 통해 알게 되면서 아무래도 사실은 좀 다르지 않을까 하는 생각이 들기 시작했다.

"느긋한 성격은 기질이 아니라 나중에 들인 습관이었을지도 몰라요. 돌아가신 뒤 최근에야 든 생각이지만요."

문득 지금 와서 풀리기 시작한 어머니의 비밀은 유년 시절로 거슬러 올라간다.

절망 끝에
있는 것

"어머니는 어렸을 때부터 병약해서 10대 때 큰 병에 걸려 홀로 도쿄에서 오랫동안 입원 생활을 했어요. 그 탓에 대학도 3년 늦게 입학했죠. 그 병실에서 생사의 기로에 선 환자들의 밝은 행동과 마음 씀씀이를 눈앞에서 보고는 큰 영향을 받았던 것 같아요."

간신히 건강을 되찾고 스물여섯 살에 결혼. 남편은 물론이고 같이 사는 시어머니가 귀하게 대해주었다. 그것이 큰 기쁨이었던지라, 누군가가 자신을 필요로 하고 자신에게 감사하는 경험이 사신감을 기웠다.

"가족에게 사랑받으며 자랐던 만큼 오랫동안 외톨이로 병과 싸워야 했을 때는 분명 죽도록 외로웠을 거예요. 그랬기 때문에 누군가가 어머니에게 의지하고, 온 마음으로 애정을 쏟아주는 생활에서 엄청난 삶의 보람을 느꼈을 거라는 건 상상이 가요. 제가 아는 어머니의 온화함은 타고난 것이 아니라 병이라는 절망을 극복한 끝에 이른 경지가 아닐까 하고 지금에야 생각해요."

왜 지금일까.

"으음, 지금의 제가 꼭 그렇게 느끼고 있어서일 거예요, 분명."

나를 보면서, 내 너머로 부모님을 보고 있다. 그런 아득한 시선으로 그녀는 천천히 말을 끄집어낸다.

"아버지가 돌아가셨을 때도 상실감은 컸지만, 아직 할머니도 어머니도 언니도 곁에 있었어요. 그런데 3년 전에 어머니가 돌아가셨을 때부터 현재까지 어머니가 곁에 안 계신다는 사실에 깜짝깜짝 놀라요. 텅 빈 마음이 계속되고 있어요. 다른 사람들은 눈치채지 못하겠지만 이제 내 기분은 이 이상 올라가지 않으리란 걸 알아요. 일을 하니까 예전의 저는 그런대로 반짝일 때도 있었지만 지금은 그럴 기운이 없어요. 어떤 의미로는 아주 평온한 심경이에요. 그 옛날 어머니와 이유는 달라도, 어떤 절망을 넘어선 다음에 오는 그 온화함이겠거니 하고 시공을 초월해서 어머니의 마음이 이해될 듯한, 그런 감각이 겹쳐지는 순간이 있답니다."

가족을 잃는 건 이토록 깊은 공허를 가져오는 것일까. 나는

그녀의 희망이 있는 곳을 알고 싶어졌다. 그러지 않고는 이 취재를 끝낼 수 없다.

아니나 다를까 실마리는 어머니의 요리 이야기 속에 있었다.

"어머니에게는 아무튼 찾아오는 사람들이 많았어요. 아버지 동료의 부인이라든가 해외 부임 시절의 친구라든가. 지금 가도 되냐는 전화가 오면 어머니는 길게 듣지도 않고 '그럼 지금 튀김을 할 테니까 오세요'라고 말하고는 머릿수건을 두르고 땀을 뻘뻘 흘리며 튀기고, 소면을 삶고는 했어요. 그러면 사람들은 이 집에 오면 안심이 된다, 편안하다는 말을 자주 했는데 어머니가 자아내는 분위기였겠죠."

개중에는 몇 번 만나지도 않은 사람이 의논을 해오는 경우도 있었던 모양이다.

어렸을 때는 "그런 사람들 상대하는 것 좀 그만해"라고 말한 적도 있었단다. 어머니는 내려다보지도 올려다보지도 않고, 힘들어하는 사람에게 그저 가만히 다가갔다. 어떻게 그럴 수 있었을까.

"당신도 슬픈 마음을 알아서였을 거예요. 10대 때 불안으로 마음 좋았던 경험이 있으니 진심으로 다가갈 수 있었겠죠."

그러고 나서 남편에게 넘치도록 사랑받았다. 이웃이 보기 민망할 정도로 손을 잡고 걷고, 둘만의 외출을 즐기던 남편에게 헌신적인 사랑을 죽을 때까지 받았다. 자신의 존재 자체가 사랑받는다는 행복을 알고서, 어머니는 다른 사람에게도 헌신적인 온정을 베풀 줄 아는 사람으로 서서히 바뀌었으리라.

그녀는 앞으로도 이 상실감과 함께 살아갈 것이다. 언젠가 사랑하는 개를 잃은 친구가 시를 복사해주었다. 그 한 구절이 지금도 가슴속에 있다.

나에게 주어지는 것
내게서 떠나가는 것
모든 것이 나를 이루고 있네

_미나가와 아키라(皆川明), 「진자(振子)」

주어진 것과 떠나간 것으로 이루어진 그녀는 어머니가 그러했듯이 아픔이 있는 사람에게 다가가는 특수한 능력을 지닌 듯하다 직장에서, 사적인 자리에서 의논거리를 꺼내는 사람이 많은 모양이다.

피아노 옆의 유영 속 두 사람은 부드럽고 상냥한 미소를 짓고 있다. 그녀는 주어지고 떠나보냈을지 모르지만, 영원히 보살핌 받고 있기도 하다.

인기 푸드
블로거의
사랑

회사원(여성) | 40세
스기나미구 | 임대 맨션 | 2LDK
연인(회사원·40세)과 2인 가구

맛집 자랑하는

남자

술자리에 늦게 도착한 남자는 자랑스럽게 그녀에게 말했다.

"난 음식이라면 모르는 게 없어요."

이 가게 저 가게 모르는 가게가 없다며 마구 떠벌렸다. 한편 그녀도 먹는 것을 아주 좋아해서 집에서 만든 음식이나 돌아다니며 먹은 가게들 이야기를 비망록 대신 친구들에게 보여주는 용도로 블로그에 쓰고 있었다. 별생각 없이 지은 블로그 이름은 '심심한 하나코'. 교자가 맛있다는 얘기를 들으면 지바현 교토쿠까지 가고, 인기 있는 파키스탄 요리를 먹으러 사이타마현 야시오로 훌쩍 떠난다. 외식뿐 아니라 자택에서 만드는 요리도 일식, 양식, 중식, 아시아와 아프리카 요리에 이르기까지 소화 가능한 범위가 방대하다. 특히 중동과 아시아 요리를 좋아해서 집에서도 자주 만든다. 거실에 있는 냉장고의 옆면에는 건조시킨 터키가지와 파프리카 껍질을 끈으로 엮어 자석으로 붙여두고 물에 불려 터키의 대표적인 반찬인 돌마^{dolma}를 만드는 데 쓴다. 향신료를 섞은 쌀이나 고기를 채소로 말아 쪄먹는 요리다. 소금은 요리에 맞게 늘 세 종류는 구분해서 쓰고, 국물내기용 다시마도 마콘부, 리시리, 히다카를 써서 맛국물의 다양성이 풍부하다. 그

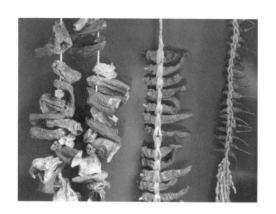

런 것들을 정리한 블로그는 음식에 관한 끝없는 호기심으로 가득해 만물박사라는 말이 딱이다.

그렇게 지나치다 싶을 정도로 요리광인 그녀가 그저 친구들에게 보여주기 위해 쓰던 블로그의 접속자 수가 매일 급격히 늘어나기 시작하던 무렵이다.

맛집 탐방을 좋아하는 그녀에게 음식점 이야기만 늘어놓는 남자는 조금 짜증스런 존재였다. 정신을 차리고 보니 서로 '내가 좋아하는 맛있는 가게 정보'를 떠벌리며 경쟁하고 있었다.

몇 분 뒤에 남자가 친구에게 이렇게 선언했다.

"으음, 내가 졌어! 이야, 이 사람 대단한데? 나 이 사람이랑 사귈래!"

주위는 실소. 하지만 그녀는······.

"불쾌한 사람이라고 생각했죠. 끈질기게 억지를 부리고, 멋대로 사귄다고 말하다니 나를 무시하나 싶고."

맛집 자랑은 그가 백기를 들었지만, 다음 데이트 약속은 그의 작전 승리였다.

전부터 그녀가 궁금해하던, 예약도 힘든 비스트로에 가자고 권한 것이다. 가게에 이끌려 어쩔 수 없이 나간 그녀가 자리에 앉자 그는 뜬금없이 말을 꺼냈다.

"그럼 우리 언제부터 사귀는 거죠?"

뭐라고요? 어안이 벙벙해진 그녀를 본체만체하고 쉴 새 없이 말을 이었다.

"결혼하고 싶은데."

"힘들겠는데요. 나 지금 남자친구 있거든요."

"네? 정말입니까? …… 그럼 얼른 헤어지고 와요!"

지금껏 만난 연인들은 전부 다정하고 온화한 사람뿐이었다. 그녀는 그리운 눈으로 회상한다.

"하여간 끈덕지게 들이대는데 그렇게 이상한 사람은 처음 봤어요. 그리고 먹는 걸 아주 좋아하는 사람이었어요."

반년 뒤, 그 사람과 서른셋의 나이에 결혼. 심심한 하나코라는 이름은 푸드 블로거로서 날이 갈수록 인기가 높아져 본업인 편집일과 블로그, 맛집 탐방을 병행하며 네 살 연상인 먹보 남편과의 생활이 순풍에 돛 단 듯 2년간 이어졌다.

왜 2년이냐. 그는 진행성 위암에 걸려 결혼 생활 불과 3년 반만에 세상을 떠났다.

잘 부탁해요

그는 밖에서 와자지껄 먹는 것도 좋아했지만 집에 손님을 여럿 초대해 그녀가 만든 요리를 먹으며 흥겹게 노는 것도 무척 좋아했다.

"제가 정말 음식 이야기밖에 하지 않는다는 걸 그 사람이 위암에 걸리고 나서 처음 깨달았어요. 그걸 빼면 할 말이 없다니, 약간 충격적이기도 했죠. 그렇지만 그 사람 앞에서 먹는 이야기는 할 수 없으니까 옛날이야기나 키우는 고양이 얘기만 했어요."

죽기 전 1개월은 자택에서 보냈다. 병원보다 집이 훨씬 마음이 편하고, 자기는 먹지 못해도 손님과 즐거운 시간을 보내는 아내의 모습을 보는 것이 남편에게도 기쁨이었다.

마지막으로 만든 요리는 무엇이었나요. 그렇게 묻자 그때까지 유쾌하게 인터뷰에 술술 대답하던 그녀의 눈에 순식간에 눈물이 그렁그렁 맺혔다.

"질냄비로 지은 굴밥이요. 그 사람이 무척 좋아했죠. 맛있다, 맛있다, 하면서. 하지만 위루술을 해서 삼키지를 못하니까 맛만 보고 휴지에 뱉어내면서……."

같이 지내던 사람의 죽음을 담담하고 그늘 없는 눈으로 이야기하게 되기까지 대체 얼마만큼의 시간이 필요할까.

긴 속눈썹이 젖어들고 에스닉풍의 빨간 귀걸이가 마치 그녀의 떨리는 마음처럼 귀밑에서 크게 흔들리고 있었다.

"불단도 가져올 거예요. 그래도 괜찮다면 통째로 잘 부탁해요."

8개월 전부터 애인과 새로운 거처에서 생활하고 있다. 그 사람도 역시 대단한 요리광이다. 첫 만남은 물론 술자리였다. "이 사람, 훈제 요리가 특기야"라고 소개받았다. 남녀의, 아니 그녀의 연애 시작에는 술과 맛있는 음식 이야기가 절대 빠질 수 없는 모양이다.

큰 창문으로 밝은 햇살이 쏟아져 내리고, 거실에는 커다란 8인용 테이블이 떡하니 자리잡고 있었다. 냉장고는 애인의 것과 자신의 것을 합해 두 대. 평상시에 먹는 식재료 보관용과 술, 훈제 요리 재료 보관 용도로 구분해서 쓴다. 부엌에 냄비며 배트, 볼이 이렇게나 많이 필요한가 싶었는데, 연인과 함께 지내면서 요리도구가 늘어 이 지경이 됐다고 한다. 수납공간이 넉넉한 부엌에는 상부장과 싱크대 아래에 총 15개의 여닫이문이 달려 있다. 어디에나 넘치도록 요리도구가 꽉꽉 들어차 있었다.

그런 두 사람의 대화는 변함없이 먹는 얘기뿐.

"오늘 저녁에 뭐 먹지? 아니면, 이거 주문할까 하는데 어때? 같은 얘기요. 아침부터 내내 음식 이야기를 해도 싫어하지 않는 사람이에요. 게다가 사람들을 초대하는 걸 그 사람도 좋아해요. 제 여자 친구들과도 금세 친해져버리죠."

그렇다. 그녀 말대로 천국에 있는 남편도 틀림없이 그녀가 즐겁게 살기를 바랄 것이다.

블로그는 큰 인기를 얻어 '심심한 하나코'라는 이름의 저작물이 두 권 탄생했다. 앞으로도 음식과 관련된 명확한 꿈이 있어 지금은 그것을 이루기 위해 더욱 술과 음식을 가까이하는 삶을 추구하고, 인맥을 넓히고, 연구에 전념하고 있다.

"인생, 짧지 않겠어요"라며 그녀는 미소 지었다.

이렇게 말하면 이상할지 몰라도, 앙큼하다고 생각했다. 왜냐하면, 현세와 천국의 두 차원에서 사랑하는 먹보 남자 두 사람이 그녀의 앞날을 보살펴주고 있으니까.

결혼생활
54년,
주택단지에서
생활하는
부부의 기준

무직(여성) | 76세
히가시야마토시 | 임대 주택단지 | 4DK
남편(무직·78세)과 2인 가구

남편은 정년까지 미술대학 교단에 섰다. 아내는 미술학교를 졸업하고 중학교에서 미술과 공작 지도교사로 1년 근무한 뒤 출산으로 퇴직했다. 육아를 하는 한편으로 직조를 배워 오랜 세월 제작을 해왔다. 두 사람 다 집에서 글도 쓰고, 이것저것 만들기도 했다. 게다가 2DK형 임대주택에서 세 자녀를 길러냈다. 지금 사는 곳도 아담한 4DK형 주택단지로 매우 간결하다. 그럼에도 누구든 오래 머물고 싶어지는 독특한 안락함이 있다. 처음에 방문했을 때, 이 기분 좋은 느낌은 뭘까 싶었다. 주의 깊게 둘러보니 고심해서 고른 필요 최저한의 가구, 조리기구, 그릇이 눈에 띄었다. 짐은 매우 적어 군더더기가 없는데, 생활도구 하나하나의 디자인이 하나같이 아름답다. 손때 묻은 물건이 결코 초라하지 않고 깊은 질감을 띠고 있다.

남쪽으로 난 창문에서 들어오는 햇살 덕분에 하루 종일 밝다. 내어준 홍차는 향이 풍부하고, 차게 식힌 샤인머스캣은 절묘하게 싱싱하다. 더구나 두 사람의 금슬이 좋다. 우연인지 필연인지 여러 요인이 어우러져 그런 포근한 분위기를 조성하고 있었다.

54년간 함께 산 부부의 주택단지 부엌은 불필요한 것은 아무것도 없고, 필요한 것만 아름답게 기능적으로 갖춰져 있었다.

마법의

부엌

"미대 동기로 만나 사귀기 시작해 스물두 살에 속도위반으로 결혼했어요"라며 그녀는 어깨를 으쓱했다. 어머니뻘 되는 사람에게 '매력 있다'는 수식어는 분명 실례겠지만 가장 잘 어울리는 말이 아닐까. 은회색 머리칼을 뒤에서 동그랗게 말아 묶고, 둥근 안경을 썼다. 몸집이 작고, 잘 웃는다. 느긋한 어조에 말하기를 좋아한다. 신혼 시절부터 찾아오는 손님이 많았다는 이 집에서, 그녀는 분명 명랑한 안주인으로 인기가 많았을 것이다. 그렇지만 이 세대 여성이 대부분 그렇듯 절대 남편보다 앞에 나서지 않는다.

처음 방문했던 날, 오랜 취재가 끝나고 "집에 있던 거예요"라며 베이컨 국물로 맛을 낸 초양배추 소시지조림을 뚝딱 내어주었다. 예상보다 취재가 길어진 탓에 갑자기 저녁 대접을 받게 된 것이다. 다이닝룸과 붙은 아담한 부엌에서 그녀가 종종거리며 움직인다. 건포도가 든 감자샐러드, 직접 만든 소다 브레드, 버터가 식탁에 놓인다. 초양배추 소시지조림에 머스터드를 곁들이니 또 특별한 맛이어서 나는 권하는 대로 듬뿍듬뿍 덜어 먹었

다. 곁에는 와인, 다음으로 아이리시 위스키 잔이.

손님 대접에 필요한 것이 잇달아 부엌 여기저기에서 마법처럼 나온다. 나는 주부로 50년 넘게 살아온 사람의 능숙한 몸놀림을 한참이나 넋을 놓고 바라보았다.

사는 곳을 청결하고 쾌적하게 유지하고, 한정된 공간에서 이리저리 꾸려가며 맛있는 요리를 만든다. 그녀의 모습을 보고 있으면 '프로 주부'라는 말이 떠오른다.

누구나 다 대학에 가지는 않았던 시절에 미대에 진학해 교사 일을 하다가 스물두 살에 결혼과 출산. 그 뒤로 살림을 꾸려온 그녀의 정체성은 무엇일까. 어머니 역할, 주부 역할에서 무엇을 얻었을까.

나는 그 바지런한 모습에서 긍지와 자부심 같은 것을 느꼈다. 그것은 말로는 표현하기 어렵다. 세 자녀를 길러내고, 다섯 식구를 부엌에서 보살펴온 어머니만이 갖는 자신감. 자녀들은 저마다 독립하고, 다시 둘이 된 부부가 함께 느끼는 평화로운 성취감. 그렇게 말하면 그게 뭐 대단한 일이라고요, 하며 웃을 게 뻔하다. 하지만 이 다이닝 키친에는 내가 알고 싶은 인생의 힌트가 잔뜩 숨어 있다. 본인들이 눈치채지 못할 뿐이다. 대개 행복이라는 것은 그 한복판에서는 실감하기 어렵고, 지나고 나서야 그것이 행복이었음을 깨닫는 법이니까.

"대학 졸업 후 남편은 연구실에 남았지만 무급이었죠. 교통비는 나왔어요. 그런데도 남편은 동료나 학생을 집으로 부르는 걸 무척 좋아했어요. 술집에는 외상을 하기 일쑤였고요."

여봐, 또 그 얘기야, 하고 옆에서 남편이 끼어든다.

"진짜라니까. 이노카시라 공원에 저녁거리 할 풀을 뜯으러 간 적도 있었어요. 냉이나 뱀밥쇠뜨기 홀씨의 줄기 같은 거."

그랬나, 그런 적도 있었나. 있었다니까요……. 어쩐지 두 사람 다 가난했던 시절 얘기를 하는 게 몹시 즐거워 보인다.

"그때부터 하여간 어떻게 하면 돈이 없어도 손님을 즐겁게 해줄 수 있을까 머리를 쥐어짰어요. 닭 껍질을 바삭바삭하게 볶아 간을 하거나, 참마 같은 것에 진하게 국물을 낸 된장국을 조금씩 섞은 것에 삶은 닭고기를 찢어 넣은 것, 흰 줄기 파드득나물, 김을 얹은 마밥도 인기였죠. 닭고기는 찢으면 양이 늘어나고 보드라운 게 식감이 좋아서 아이들도 대여섯 그릇씩 더 먹었어요. 손님들은 다들 우리 집의 어려운 사정을 아니까 올 때마다 꼭 고기며 채소를 사다주는 친구도 있어서 기뻤어요."

누 사람이 신혼이던 1950~60년대에는 이른바 '집에서 마시는 술'이 주류였다. 남편은 동료나 부하 직원을 데리고 집에 돌아온다. 어느 집이나 아내는 이것저것 꺼내어 최선을 다해 손수 만든 요리로 대접하고, 술집에 줄 대금을 월말에 한꺼번에 치렀다. 여성지의 요리 기사도 가정에 상비해야 할 반찬이나 안주가 메인이었다. 그녀도 마밥은 잡지 『생활의 수첩』에서 보고 만들었다고 한다.

"월급날은 25일인데 금세 책과 술로 사라지고 5일에는 벌써 돈이 없는 거예요. 돈이 없는 생활이란 확실히 당신이 상상하는 것 이상이에요. 그래도 가난은 즐거운 거예요. 없는 데서 지혜를 짜내 궁리하는 일이 즐겁거든요. 궁리하지 않아도 되는 요즘이 오히려 시시하지 않을까요."

공을 들인 것에는
가치가 깃든다

처음에는 작은 아파트, 그다음 임대주택 추첨에 여섯 번 만에 당첨되었다. 2DK였다. 아이들은 세 명이서 한 방. 큰마음 먹고 이탈리아제 2층 침대를 들였다.

"오다큐백화점의 하루쿠나 긴자의 마쓰야백화점에서 해외 가구를 취급하기 시작하던 시절이었죠. 공부 책상은 스웨덴제. 둘 다 디자인을 공부해서 스칸디나비아 디자인을 동경했어요. 다이닝 의자도 칠하지 않은 나무로 된 벤치를 놓고 비좁게 앉았어요. 돈도 없으면서 오다큐의 스칸디나비아 전시회에는 만사 제치고 달려갔죠. 그 시절 무슨 생각으로 살림을 했던 건지."

일본의 가구도 질이 좋은 것을 골라 샀다. 가구나 생활도구를 닦거나 손질하는 걸 좋아한다. 예를 들면 바닥 닦기도 그중 하나다.

"결과가 눈에 보이니까 보람이 있잖아요. 천연목 바닥은 닦으면 닦을수록 깨끗해져요. 도구나 가구는 공을 들이면 가치가 깃들어요. 단순히 오래됐다는 것이 아닌 새로운 가치죠."

강사에서 교수로. 남편은 변함없이 매년 제자나 연구실 스태프를 집에 부른다. 그녀는 노트에 방문객과 메뉴를 적어 비망록을 대신했다.

"손님 대접은 즐거워요. 평소에는 만들지 못하는 요리에도 도전할 수 있으니까요. 전차로 한 시간이 걸려 도심에 있는 수입품을 취급하는 슈퍼에 가서 희귀한 식재료나 덩어리째로 파는 고기를 사기도 하고요. 민족박물관의 계간지를 보며 리소토라든가 퐁뒤, 잠발라야를 만들었어요. 지금처럼 퐁뒤 세트 같은 게 없어서 기노쿠니야 슈퍼까지 그뤼에르 치즈와 에멘탈 치즈를 사러 갔어요. 특히 학생들에게는 평소에 먹기 힘든 새로운 식재료를 경험하게 해주고 싶었어요."

민트 샐러드, 프랑부아즈framboise 아이스크림, 가스파초, 미

트로프. 식전주부터 디저트까지 풀코스로 준비했다. 바이블은
『주간 아사히 백과―세계의 음식』이라는 그라비어 요리잡지였
다. 질리도록 보다가 손님이 올 때 실전에 도전. 새로운 요리는
즐겁고 배우는 것도 많아요, 라고 그녀는 말한다.

확실히 요리나 집 손질은 천편일률적인 일이 아니다. 그때마
다 지혜와 취향을 집중시키는 창조적인 작업이다. 거기에 보상
이나 평가, 시켜서 한다는 발상은 없다. 매일 꾸준히 하다보면
작은 발견과 배움이 있다. 맛있다고 말해주는 존재, 안락함을 감
사해하는 가족이 있다면 그것으로 보람된다.

남편은 옛날부터 맛있다는 말을 좀처럼 하지 않는 사람이었
다. 언젠가 사회인이 된 딸이 "엄마한테 좀더 감사해야 해요"라
며 화를 냈다. 그게 기뻤다고 그녀는 말한다. 하지만 실은 그 정
도로 큰 문제는 아니라는 생각이 들었다. 왜냐하면 내게 내어
준 초양배추 소시지조림을 남편은 게눈 감추듯 먹어 치우고 있
었다. "사양 말고 많이 먹어요"라고 권하면서. 정말 맛있지 않나
요, 라고 그의 얼굴에 쓰여 있다.

"냉장고가 조금 더 컸으면 좋겠다든지, 넓고 근사한 시스템키
친이었으면 좋겠다는 로망은 있지만, 넓어졌다고 해서 요리가
맛있어지는 건 아니죠. 없으면 없는 대로 할 수 있어요. 게다가

이제 와서 부엌이 넓어진들 남편 말고 기쁘게 먹어줄 가족이 없으니까요. 지금은 혼자서 느긋하게 부엌일을 하기에 딱 좋은 크기라고 생각해요."

자녀 셋 중 두 명은 영국에 있는 미대에 유학을 보냈다. 교육, 여행, 책. 혹은 국물과 향신료부터 충실하게 만드는 시간과 정성을 들인 각국 요리. 그런 것에는 돈을 아끼지 않는다. 그 대신 브랜드 백이나 보석, 고급 맨션에는 흥미가 없다. 말하자면 후자는 누군가가 가치를 정한 것. 전자는 마음에 쌓이는 보물이다. 가정에 문화적 자산이라는 기준이 있다면, 이 집은 틀림없이 월등히 풍부하다. 물질이 가져다주는 행복이라고 해봐야 뻔하다.

딸에게 걸려오는 국제전화는 언제나 요리 이야기로 흘러가고, 아들에게서는 레시피를 묻는 메일이 온다.

정성을 다한 요리에 사람들이 입맛을 다시고, 언제나 웃음에 둘러싸여 있다. 그런 식탁의 추억을 가슴에 안고 지금은 저마다 가정을 꾸린 세 자녀가 부러웠다. 무엇을 가지고, 무엇을 가지지 않을 것인가. 부부의 선택은 시사하는 바가 크다.

노숙자 부부의
어떤
올곧은 일상

무직(남성) | 73세
홋사시 | 오두막집
아내(무직·67세)와 2인 가구

이 부부를 노숙자라고 부르기는 어쩐지 어색하다. 적절한 표현인지 모르겠지만, 전체적으로 '말쑥한' 느낌이다. 식생활도, 옷차림도, 직접 만든 거처의 분위기도. 하지만 정확히 말하면 역시 '불법 점거자'다.

강변에 오두막집을 짓고, 산책로에서 사는 곳까지 몇 미터쯤 되는 오솔길에 방초시트를 깔아 걸어 다니기 쉽게 만들었다. 텃밭에는 가지런하게 세운 살대와 그물에 여주가 매달려 있다. 지면에는 꽈리고추, 방울토마토, 부추가. 석회와 비료로 흙을 만들어 모종부터 키운 채소를 1년 내내 골고루 따 먹을 수 있다고 한다.

처음 그곳에 찾아갔을 때는 부인이 같이 있어서 요리 이야기가 끊이지 않았다. 파란 시트와 목재로 만든 노천 부엌과 벽돌을 쌓아 만든 부뚜막과 바비큐 그릴로 대부분의 요리를 만든다고 한다.

"밀가루를 묽게 푼 데다 벚꽃새우를 넣고 철판에 구우면 오코노미야키 비슷한 요리가 되는데 맛있어요. 생선회가 남으면 냉장고가 없으니까 해물볶음을 만들면 또 한 끼 맛있게 먹죠. 맑은 국도 자주 만들어요. 얼마 전 히나마쓰리매년 3월 3일에 여자아이의 건강과 행복을 기원하는 일본의 전통 행사 때는 조갯국을 끓여 먹었어요."

생선회, 히나마쓰리. 내 멋대로 품고 있던 이미지와 동떨어진

단어가 잇달아 튀어나온다. 애초에 노숙자는 이럴 것이라는 틀에 박힌 생각으로 단정 짓는 건 잘못이고, 사람에 따라서는 의외로 풍요로운 식생활을 하고 있다는 소박한 감상을 갖게 됐다.

집 앞에는 캠핑장처럼 커다란 나무 테이블과 간이 의자가 있어, 그곳에서 캔커피를 대접받았다. 매실장아찌를 좋아해서 여러 요리에 숨은 비결로 조금씩 넣는단다. 아내와 내가 이야기에 열중하는 동안 옆에서 과묵한 남편이 빈 깡통만 계속해서 압축하고 있었다. 부지 안쪽에 납작하게 눌린 빈 깡통이 2미터 남짓한 높이로 네모반듯하게 쌓여 있었다.

강변 일대에 있는 노숙자들의 거처를 몇 군데 방문했지만, 누구보다도 그들이 사는 곳이 가장 가지런했다. 오솔길을 자기 힘으로 정비하고, 텃밭을 일구는 사람은 그들밖에 없다. 다른 곳은 대부분 빨래가 펄럭거리고 있는데 이 집에는 그 조차도 없다. 물어보니 동전 세탁소를 이용한단다.

전작 『도쿄의 부엌』을 위해 취재했을 때는 전화를 비롯해 일절 연락 수단이 없어서 교정지도 직접 전해주러 갔었다. 세 번의 방문 끝에 겨우 이번에 부부가 살아온 이야기의 일부를 들을 수 있었다.

남편은 햇볕에 그을린 얼굴에 앞니가 위에 하나, 아래에 하나. 언제 와도 머리는 짧게 정리되어 있고, 옷차림도 청결했다.

주름진 웃는 얼굴에, 약간 수줍음을 탄다. 말투에 고향인 아오모리의 억양이 짙게 배어 있다. 아내는 쾌활하고 말수가 많다. 처음에 방문했을 때 그녀는 부엌을 찍으려는 내게 "그런 곳을 뭐하러, 창피하니까 찍지 말아요"라며 반쯤 웃으면서도 강하게 저항했었다. "뭐, 상관없잖아"라고 온화한 어조로 남편이 끼어들어주지 않았다면 그때 촬영이 불가능했을지도 모른다.

"제가 생각하는

아름다운 집"

이 집과 인연을 맺게 된 계기는 훗사의 미군 하우스를 아름답게 수리해 사는 젊은 조형 작가 덕분이었다. 천공예 작가인 아내와 함께 6년에 걸쳐 나가노현 구로히메산의 숲을 개척, 셀프 건축으로 집과 목장을 짓는 중이다. 허물어져가는 낡은 집을 자신들의 손으로 세련되게 새 단장해 자택 겸 갤러리로 쓰고 있다. 나는 좋아하는 집 베스트 10을 꼽아보라고 하면, 가와이 간지로河井寬次郎, 도예가의 자택과 야나기 무네요시柳宗悦, 민예연구가, 미술평론가의 일본 민예관과 함께 그의 집을 든다.

오랜 취재 경험으로 터득한 확실한 취재처 찾기 요령 중 하나

가 '근사한 사람에게는 그 사람이 영향을 받은 사람을 세 명 물어본다'라는 것이다. 근사함의 앞에는 근사함의 계보가 있다. 기존의 정보에는 없는 신선한 이야깃거리를 발견할 확률이 높다. 그런 까닭에 그의 미군 하우스 취재가 끝나고 나서도 얼른 물어보았다.

"당신이 멋지다고 생각하는 집을 소개해주시겠어요?"

그는 잠깐 생각한 뒤 결심한 듯 말했다.

"저도 안을 본 적은 없고, 부부인 것 같긴 한데, 어떤 사람이 사는지 모릅니다. 그러니 취재를 거절할지도 몰라요. 그래도 괜찮으신가요?"

물론이죠.

"그럼 근처니까 지금 그 앞까지 안내하죠. 저는 오늘 볼일이 있어서 그다음부터는 혼자 가셔야 해요."

그래, 같이 가지 않는구나. 뭔가 사정이 있을 거라는 느낌이 왔다. 애초에 사는 사람을 모른다는 건 어찌된 일일까?

"노숙자예요. 하지만 분명 그 집 부엌은 근사해요. 개를 산책시킬 때마다 그 앞을 지나가는데 볼 때마다 아름다운 집이라는 생각이 들거든요. 직접 심은 비쭈기나무 방풍림에 둘러싸인 손수 지은 오두막이 있어요. 거기까지 가는 오솔길도 어쩐지 일본 여관을 연상시키는 분위기죠. 하나부터 열까지 직접 손으로 만

들었는데 군더더기 없이 정말 좋은 집이에요. 부디 취재하셔서 안이 어땠는지 제게도 가르쳐주세요!"

그것이 앞서 말한 강변의 집이다.

아내와

산소酸素

완만하게 곡선을 그리는 운치 있는 오솔길은 도저히 직접 정비했다고는 믿기지 않는 훌륭한 모양새였다. 나무들이 우거진 저 멀리에 작은 목조 집이 보인다. 오솔길 앞쪽, 초록빛 사이로 슬쩍 보이는 판자 울타리의 실루엣은 참새 둥지처럼 이질적이라 현실감이 없다. 이 앞에 정말로 사람이 살고 있을까 싶은데 잡목림 안쪽에 진짜 있었다. 수풀 너머로는 강이다.

주춤거리며 길을 걷는데 갑자기 시야가 트였다. 작은 마당이 있다. 왼쪽에 덮개와 파란 시트로 삼면을 둘러싼 간이 부엌, 오른쪽에 기둥과 합판으로 지은 오두막집. 안쪽에 텃밭이 보인다. 마당에는 의자와 테이블, 물이 든 폴리에틸렌 물통이 2개. 영문을 모르겠다는 얼굴로, 빈 깡통을 압축하던 손을 멈추고 응대해준 남편. 집 안에서 의아한 얼굴로 나온 아내. 취재를 하고 싶다는 뜻을 전하자 그녀는 "아아, 그런 사람들이 해마다 몇 번씩 와요. 우리 집 고양이나 찍어요"라며 처음으로 미소 지었다.

그로부터 2년 반. 세번째로 찾았을 때도 처음 만났을 때와 마찬가지로 남편이 정원일을 하고 있었다. "예전에 찾아뵈었던 작가……"라고 말을 걸자 "아, 그렇네. 기억나"라며 씩 웃는다. 검은 터틀넥 셔츠에 파란 작업 바지, 운동화. 늙지 않았다. 살이 찌지도 야위지도 않았고, 말쑥한 옷차림이다.

"부엌을 취재하려고 다시 찾아왔는데 오늘 부인은 안 계세요?"

"친구와 온천 여행에 갔어. 이제 곧 돌아온다고 전화가 올 때가 됐는데."

"어, 휴대폰을 갖고 계세요?"

"편의점에서 충전하는 거."

"선불식이군요."

"맞아, 그러면 청구서나 요금 납부 같은 번거로운 일을 하지 않아도 되니까."

오늘은 요리를 좋아하는 부인과의 이야기를 들려달라고 하자 "뭐 대단한 것도 없는데"라며 수줍어했다.

"그래도 요리 실력이 무척 좋으시잖아요. 전에 왔을 때도 벚꽃새우 부침 얘기를 해주셨어요."

"아아, 그거. 그거 맛있지."

선 채로 이야기가 시작되었다. 안쪽을 보니 빈 깡통 더미와 취사에 쓰는 부뚜막이 사라지고 없었다.

"올여름이 어지간히 더웠어야지. 나도 일흔셋이라 힘에 부쳐서. 일은 하지 않았어. 채소나 가꾸고, 오두막만 하나 더 지었어. 부뚜막은 말이지, 이 주변을 걷는 사람들이 연기를 보고 화재인 줄 알고 신고를 해버려. 옛날에는 그런 일이 없었는데. 지금은 봐, 모두 휴대폰을 가지고 있으니까. 바로 신고해버려."

이런 생활에 이유가 없을 리 없다. 들려주는 몇 안 되는 말에서 걸어온 길과 그럴 수밖에 없었던 이유를 상상하는 것 말고는 도리가 없다.

그렇게 스스로 털어놓은 이야기를 이어붙이면 그의 반생은 다음과 같다.

1943년, 아오모리시 교외에 위치한 농가의 둘째 아들로 태어났다. 중학교 졸업 후 시내 타일가게에 취직했다. 타일이나 콘크리트 벽돌을 시공하는 토목업이다. 세 살 위의 형은 아오모리에서 금속판가게를 하고 있는데 20년 넘게 만나지 않아 "살았는지 죽었는지 모른다". 스물다섯 살 때 형이 결혼해 형수가 들어오면서 자신은 본가를 나왔다. "집도 좁고, 형에게 짐이 되면 미안하니까." 그런데 일이 줄고 급료도 줄기 시작해 혼자 살기에는 벅찼다. 새 일자리를 구하려고 홋카이도로 건너갔다.

"이야, 홋카이도 춥더라! 여기는 살 데가 못 된다 싶어서 한 달 만에 줄행랑을 쳤지."

향한 곳은 도쿄. 직업소개소의 소개로 취직한 곳은 홋사시에 있는 사원 기숙사가 딸린 주택설비 회사였다. 배관공으로 맨션이나 병원, 실버타운에 스프링클러를 설치하는 일을 했다. 정사원으로 그곳에서 정년을 채웠다. 도중에 기숙사를 나와 아파트에서 혼자 살았다. 결혼은 마흔한 살 때. 홋사 시내의 셋집에서 신혼생활이 시작되었다.

"아내와는 아카센에서 알게 됐어. 알아? 베트남전쟁 무렵까지만 해도 아카센이 있었어. 필리핀이나 해외에서도 많이들 일하러 왔지. 베이스(기지)도 있어서 붐볐어. 그런데 베트남전쟁이 끝나고 10년이 지나니까 썰물 빠지듯 외국 애들이 빠져나가버렸어. 아내만 쓸쓸하게 노처녀로 남아 있길래 마지막에 주워줬지."

주웠다니 말이 너무 심하다고 했더니 그는 약간 진지하게 고쳐 말했다.

"나도 나이가 많았고, 결혼하려면 이게 마지막 기회다, 놓치면 결혼은 물 건너간다 싶었어."

가고시마 출신의 아내는 집단 취직으로 나고야의 직물 공장에서 일하다 도쿄로 상경해 홋사의 '아카센'이라고 불리는 구역에 이르렀다. 아카센이란 공인받은 매춘 구역의 속칭인데, 1958년에 매춘 방지법에 의해 폐지되었다. 요코타 기지가 있는 홋사의 옛 아카센 자리에는 음식점과 유흥업소가 지금도 즐비하다. 현지 주민 대부분은 그곳을 '홋사 아카센'이라고 부른다. 나는 지금도 1년에 한 번은 유흥업소에 가, 라고 남편은 이상할 만큼 당당하게 알려주었다.

혼인신고를 한 해에 가고시마의 요정에서 친척들을 불러 피로연을 한 것이 결혼식 대신이었다.

지금의 생활을 시작한 건 정년 후다.

"퇴직 후에는 닥치는 대로 배관 아르바이트를 했어. 하지만 회사를 그만두면 부상을 입어도 아무 데서도 돈이 나오지 않잖아. 그렇다고 해서 그 나이에 어디 취직을 할 수 있는 것도 아니고. 배관은 아무튼 체력적으로 고되서 나이를 먹고 할 만한 일이 아니야. 그러니 어쩌겠어? 앞날을 생각해서 이런 생활을 하게 됐지."

병원이나 맨션에 설치하는 스프링클러용 배관은 족히 60킬로그램이 나가 혼자서는 달 수 없다. 특히 무더운 여름에는 더위에 머리까지 몽롱해져서 부상을 입기 쉽다고 한다. 일이 있으니 생활보호는 받지 못한다. 하지만 산골이나 노숙자를 위한 지원자들이 모이는 신주쿠공원에는 가본 적이 없다. 현금 수입이 따로 있기 때문이다.

사실 은행 계좌에는 퇴직금이 있고, 매달 연금도 들어온다. 휴대폰을 쓰고, 대중목욕탕과 동전 세탁소에 가고, 생선회를 살 수 있는 것은 연금이 있기 때문이다. 연금은 지인에게 주소를 빌려 수급하고 있다. 지인에게는 수수료를 낸다.

"연금을 만들려면 계좌가 필요해. 그러려면 주소가 있어야 하고. 주소를 빌려주는 친구는 갖고 도망치거나 자취를 감추거나 해서 지금 네 명째야."

강변의 입지는 회사원 시절 바비큐 행사로 왔을 때 점찍었다고 한다.

"공원이 가까워서 물이 있지. 강변 중에서도 여기는 약간 땅이 솟아올라서 높으니까 침수될 일도 적고. 조금만 걸으면 슈퍼와 대중목욕탕이 있어서 생활할 수 있겠다 싶었어."

뭐랄까, 용의주도하다. 이런 생활에 처했다기보다 앞날을 생각해 이런 생활을 선택했다는 말로 들렸다. 이곳에 와서 얼마간 아내는 아카센 구역의 스낵바에 일을 도우러 가고, 남편은 작년까지 폐품 수거 아르바이트를 했다. 한번은 큰 비로 집이 떠내려가는 바람에 10미터쯤 공원 쪽으로 옮겨 오두막집을 다시 지

었다.

2년 전에 방문했을 때만 해도 언젠가 아내의 친정집이 있는 가고시마로 돌아갈 생각이라며 얼굴에 웃음을 띠고 말했었다. 그 이야기는 어떻게 됐는지 물으니 "덥잖아, 거기는. 부모님도 언니도 죽고 빈집이라는데, 이 나이에 새로운 곳으로 가기도 좀 귀찮아. 여기 생활이 익숙하니까"라고 말할 뿐 많은 이야기는 하지 않았다. 돌아가고 싶어도 갈 수 없는 이유가 있는 걸까, 아니면 처음부터 꿈같은 이야기였을까. 답은 안개 속이다.

앞으로의 일은 생각하고 계시나요. 단도직입으로 물었다. 그는 멀리 있는 주택단지를 바라보면서 대꾸했다.

"몰라. 자꾸 생각하면 머리만 아프니까. 근데 저 주택단지에는 홀몸인 사람들이 많아. 매년 바지런히 죽어 나가지. 친척이 없으니 모두 무연고 사망자가 돼. 죽은 뒤에 관공서에서 정리하러 오니까 알아. 주소와 계좌만 있으면 마지막까지 살아남을 수 있어. 그다음에는 아내와 산소가 있으면 돼. 여기선 좋은 산소를 잔뜩 마실 수 있으니까."

규칙적인

하루하루의 생활

부지 주위는 12년 전에 심은 상록수 비쭈기나무가 3미터 정도로 자라 차양과 바람막이와 가림막 역할을 하고 있다.

"잎이 떨어지지 않는 장소가 좋을 것 같아서. 지금은 여기에도 새로운 묘목을 심어놨어."

몇 십 센티미터로 자란 비쭈기나무가 세로로 가지런히 늘어서 있다. 물은 40리터짜리 폴리에틸렌 물통 2개를 상비한다. 손과 얼굴을 씻거나 요리에 쓴다. 물은 공원에서 길어 온다. 연기가 나는 부뚜막은 쓰지 못하니 스토브로 취사를 한다. 비가 올 것 같은 날에는 바깥에서 일찌감치 스튜나 조림 요리를 잔뜩 만들어놓아 데우기만 하면 되게 해둔다. 아내가 온천에 가기 전날 저녁식사는 밥과 마파가지였다. 아내는 스낵바 일을 도우며 요리를 해왔기 때문에 레퍼토리가 다양하다. 술은 매일 한 홉씩. 고구마 소주를 좋아한다. 아침 7시 기상, 밤 9시 취침. 가장 신경 쓰는 건 화재와 감염병이다.

"부탄가스로 불을 내서 죽은 동료가 몇 명이나 있어서 나는 쓰지 않아. 그게 제일 위험해. 공원 화장실을 쓰고 나면 여기 돌아와서 다시 한번 비누로 꼼꼼히 손을 씻어. 우리는 감염병 때문

에 감기나 병에 걸리는 일이 많으니까."

폴리에틸렌 물통 옆에 있는 나무에 망에 든 비누가 매달려 있었다. 그리고 음식이 목에 걸리지 않게끔 무엇이든 작게 잘라 먹는다.

"특히 고기가 위험하지. 꼭 한입 크기로 가위로 잘라 먹어. 젊은 사람은 괜찮겠지만 우리 나이가 되면 목이 메어 죽는 경우도 있으니까."

아내는 친구가 많지만 누구에게도 어디에 사는지 알리지 않고 사귄다고 한다.

"가끔 차를 마시러 오고 싶다고 하는 모양인데, 그럭저럭 얼버무리는 것 같아. 오늘 여행을 같이 간 친구도 그렇고, 우리가 이런 곳에 있는 줄은 아무도 모르지."

그런 아내는 혈압이 약간 높아 다달이 통원하고 있다고 걱정스럽게 말한다. 가고시마로 돌아가는 건 어떠세요, 하고 노골적으로 물었다.

"가고시마의 센다이川內라는 종점 역인데. 아내의 친정집은 그 끄트머리에 있는 마을이야. 그런 곳에 가봐야 할 일도 없고…… 여기에는 덧밭도 있고 이 집도 있지. 게다가 자꾸 앞으로의 일을 생각하면 머리만 아프니까. 생각을 안 해."

또다시 같은 대답이 돌아왔다. 앞날을 생각해서 시작했을 이

생활의 앞날은 더 생각하지 않는다고 한다. 오늘, 내일, 모레는 보여도 1년 뒤, 2년 뒤는 보이지 않고, 보지 않기로 했다. 노쇠했다고는 보이지 않았지만, 확실히 세월이 이 사람에게도 쌓이고 있다. 바람이 잘 통하는 노천 부엌에서 건강하게 지낼 수 있는 시간이 길지 않다는 사실을 누구보다도 잘 아는 사람에게, 풋내기가 건넬 말 따위 있을 리 없다.

주제넘은 짓은 그만하기로 하고, "그럼 이만" 하고 자리에서 일어났다. 남편이 부지 입구까지 배웅한다. 판자 울타리에는 주운 붓과 남은 페인트로 그렸다는 추상화 같은 무늬가 있다. "잘 그리셨네요"라고 말하자 "옛날부터 그림을 그리거나 물건 만드는 걸 좋아했지"라며 수줍게 중얼거린다.

이 집도, 텃밭도, 개척한 마당도, 오솔길도 전부 그의 손에서 탄생했다. 그 사실만이 오래도록 변함없이 지금 이곳에 있다.

안녕히 계세요.

"저쪽으로 똑바로 가면 공원이 나와요"라고 말한다.

손을 흔들면서 나는 "아름다운 집이에요"라던 조형 작가의 말을 떠올렸다.

이혼,
미각을
잃은 뒤에……

회사원(여성) | 38세
스기나미구 | 임대 맨션 | 1K
1인 가구

지진

이혼?!

2011년 3월 11일부터 만 이틀 동안 도쿄의 자택에 있을 신문기자 남편과 연락이 닿지 않았다. 어찌어찌 집에 왔더니 가구는 넘어지고, 그릇이 어지럽게 흩어져 있었다. 남편은 어디로 갔을까. 누구에게 물어도 모른다. 남편 신변에 무슨 일이 생겼나 싶어 제정신이 아니었다.

이틀 뒤. 전화가 왔다.

"피해 지역에 들어와 있는데 언제 돌아갈지는 모르겠어. 그래서 현장은……."

현장의 참혹함을 흥분한 목소리로 이야기하더니 일방적으로 전화를 끊었다.

그녀가 듣고 싶었던 말은 없었다.

"일의 성격상 그런 행동이나 마음은 충분히 이해해요. 그런데 '괜찮아?'라는 말 한마디 없었어요. 전 그 사람이 걱정하는 대상이 아니었죠. 그때까지도 쭉 그랬지만, 저한테 관심이 없다는 걸 확실히 깨달았어요. 그때예요, 너는 이 사람과는 힘들겠다고 생각한 게."

그녀는 가만히 회상한다.

사귈 때부터 무슨 일만 있으면 "그럼 헤어지자"라고 간단히 리셋하기 좋아하는 사람이었다. "저는 좀더 똑바로 마주하고 싶었어요"라고 그녀는 말한다. 두 사람의 시간을 아무리 열심히 쌓아도 그 한마디로 모든 것이 제로가 된다. 그런 반복 뒤에 지진 재해 사건이 있었다.

숨이 막힐 듯한 대화 끝에 결혼생활을 해소하기로 결정했다. 그는 그녀의 주장을 받아들였다. 좀더 똑바로 마주하고 싶었다는 목소리가 닿았는지 어떤지는 지금도 모른다.

"맞벌이라 평일에는 식사도 일정하지 않았는데, 저는 요리를 좋아해서 주말에는 요리를 했어요. 그게 유일하게 아내다운 일이었는지도 몰라요. 그 사람은 뭘 만들어줘도 맛있다. 맛있다 하며 먹어주는 사람이었어요. 요리에 대한 칭찬은 아끼지 않았어요."

아직 사랑하세요? 라고 물으니 웃어넘겼다. "그렇진 않아요. 더는 만나고 싶지 않아요."

처음 보는 사람에게는 쉽사리 말하지 못하는 무거운 기억이 있는 것이리라.

"헤어지는 마지막 날까지 밥은 제대로 차릴게"라고 선언했다. 그녀 나름대로 아내로서의 마지막 역할을 다하고 싶었던 건지도 모른다.

"마지막 저녁은 뭘 먹고 싶어?"

"으음, 카레 아니면 스튜?"

그는 "찜 요리 냄새가 나는 집에 돌아오는 게 행복하다"라는 말을 입버릇처럼 했었다. 카레는 밖에서도 먹을 수 있지만, 스튜는 외식으로 먹는 일이 드물다. 그런 이유도 있고, 특히 스튜는 그가 좋아하는 가정식 요리 중 하나였다.

그녀는 순무와 버섯 등 제철 식재료를 듬뿍 넣어 정성껏 스튜를 만들었다.

"평소에는 둘이서 다 먹을 양만 만드는데, 그 사람이 혼자서도 먹을 수 있도록 잔뜩 만들어 소분하고, 냉동하고. 헤어지는 남자를 위해 내가 뭘 하고 있는 거지? 이런 생각을 하면서 저장 용기에 담았어요."

이혼 후에 선택한 집은 아사가야에 있는 2DK로, 1K인 지금 집은 아니다. 혼자 지내기엔 너무 넓은 호사스러운 맨션이었다.

"혼자 사는 생활로 돌아가지만 방도, 냉장고도, 세탁기도, 전부 크기를 줄이기 싫었어요. 누가 뭐래도 2DK를 찾겠다고 기를 썼죠."

얼마 뒤 그녀는 어떤 변화를 깨달았다. 미각이 없다. 무엇을 먹어도 맛을 알 수 없었다.

요리 회복의

그렇게 좋아하던 요리를 할 마음이 들지 않았다. 무얼 만들어도 맛있지 않았다. 어차피 혼자인데 열심히 만들어 뭘 하겠나 싶었다.

편의점에 매일 드나들기 시작했다.

"대충 편의점에서 파는 음식을 먹다보니까 질려버렸어요. 공복인데도 무엇 하나 먹고 싶은 게 없었죠. 나중에는 친구를 불러 술을 마시러 다녔어요."

지방에서 나고 자라며 외동딸로 부모님께 마냥 사랑받으며 컸다. 이혼으로 그런 부모님을 슬프게 만든 것도 괴로운 기억으로 남았다.

"전남편은 복잡한 가정에서 자란 탓인지 대하기 어려운 점이 있었지만, 내가 조금 더 노력해서 어떻게든 할 수 있지 않았을까, 이 나이를 먹고 시골에 계신 부모님을 슬프게 만든 나 자신, 당연히 행복한 가정을 이룰 줄 알았는데 그러지 못한 자신을 책망했어요. 인터넷의 이혼 게시판을 보니 우울증에 걸렸다거나 정신과에 다녔다는 체험담이 올라와 있어 더욱 위축되기만 했죠. 눈물이 나지 않는 걸 보면 나도 마음이 고장난 건가? 이렇게

자문자답했어요."

하지만 원래 자기가 만든 음식을 맛있게 먹는 지극히 평범한 생활을 하던 사람이다. 편의점과 외식에 의존한 생활이 반년간 이어진 어느 날 갑자기 한계가 왔다.

"먹고 싶은 게 하나도 없는데 의무적으로 편의점에 들르는 생활이 지긋지긋했어요. 조리된 식품을 먹는 데 질려버렸죠. 그럼 된장국 한 그릇이라도 좋으니 직접 만들어 먹는 편이 낫지 않을까 싶더라고요."

퇴근길에 슈퍼마켓이 보여 쭈뼛거리며 들어가보았다. 반년 만에 식재료를 사서 만든 5년 전의 메뉴를 지금도 기억한다. 밥과 된장국과 생선구이.

"만든다고도 할 수 없는 요리죠. 굽고, 밥만 지었으니까. 그런데 왜 그렇게 맛있던지요! 이렇게 간단하고 맛있는 걸 왜 만들지 않았나 싶더라고요."

그렇다고 당장 요리에 복귀한 것은 아니다. 사람의 마음은 그렇게 쉬이 리셋되지 않는다. 이를테면 그날이 요리 회복 제1단계. 제2단계는 그 주말이었다.

"휴일이었는데 '좋아, 부엌에 서보자. 이제 좀더 제대로 된 요리를 만들어보자' 하는 마음이 들더라고요. 하지만 할 수 있을지

없을지는 반신반의였죠."

미각도 미묘하다. 일전에 먹은 된장국처럼 맛있다고 솔직하게 느낄 수 있을지는 모른다.

그녀가 고른 건 스튜다.

"일종의 충격 요법이에요"라며 그녀는 웃었다.

왜 미각이 없어지고 요리에서 멀어졌을까. 그건 부엌에 서면 남편과의 마지막 날에 서글프고 참담한 마음으로 스튜를 소분하던, 더는 어쩔 도리가 없는 답답한 마음을 생생하게 떠올려버리기 때문이다. 그러니까 스튜를 만들며 그녀는 자기 자신을 시험하고 싶었던 것이리라. 그럼 성과는?

"뭐야, 맛있잖아! 했죠. 만들 때도 전부 잊고 완전히 집중할 수 있어 즐거웠어요. 그때부터 아주 마음이 편해졌어요. 제가 너무 생각이 많았나 싶더라고요. 추억에 얽힌 음식을 만들면 괴로울 거라고 단정 지었을 뿐이었던 거죠. 그래, 나는 요리를 좋아해. 부엌일 자체를 좋아하고, 몸에 배어 떼려야 뗄 수 없는 습관 같은 것이었어 하고 새삼 깨달았어요."

다음으로는 술집에서 먹고 맛있었던 메뉴를 재현했다. 고구마 오렌지주스 조림이었다. 그것도 아주 맛있게 만들졌단다.

"그런 식으로 하나하나 착실히 그날그날의 일을 잘 해나가는

게 나 자신을 되찾는 과정이었어요. 머리로 생각할 만큼 대단한 일이 아니야. 하루하루를 잘 보내다보면 기운을 찾을 거야. 나는 의외로 강한 사람일지도 몰라. 이런 생각이 들기 시작했어요."

그날그날의 작은 일상을 야무지게 살아간다. 밥을 안치고, 국물을 내고, 된장국을 끓인다. 병원에 가서 특별한 치료를 받거나, 돈을 들여 답답한 마음을 풀러 여행을 가거나, 어려운 책을 읽지 않아도, 사람은 자신의 힘으로 자신을, 마음을 회복할 수 있다. 부엌에 서면서 그녀는 처음으로 자신과 마주하고 잃어버린 시간과 대치했다. 그리고 지나간 날보다 앞으로 살아갈 시간을 소중히 여겨야 한다는 사실을 깨달았다.

부엌은 그녀에게 상처 입은 마음을 고치는 치료실이기도 했던 모양이다.

작지만 모든 것이
충족되는 방

"고양이 보러 오시 않을래?"

이직한 직장에서 늘 먹음직스러운 도시락을 싸 오는 여자 동료가 말을 걸어왔다. 고양이를 좋아하는 그녀는 "응, 갈래!"라고 바로 대답했다.

갔더니 복층 구조의 작은 아파트였다. 조리기구는 인덕션이 하나. 이 작은 조리기구로 매일 그렇게 먹음직스러운 도시락을 만들었던 건가 싶어 놀랐다. 빵을 구워 동료들에게 나눠주기도 했었다.

방은 좁지만 깔끔하고, 세련된 아시아계 잡화로 인테리어가 통일되어 있어 안락했다.

와인과 뚝딱 만든 안주를 대접받았다. 마리네와 채소 샐러드, 구운 치즈.

"적은 도구와 심플한 집으로 이렇게 충실한 삶을 살 수 있구나, 새로운 세상을 알게 된 기분이었어요. 넓지 않아도 충분히 요리를 할 수 있구나. 동시에 오기를 부려 넓은 곳에 살고 있는 제가 어쩐지 어리석게 느껴졌어요……."

동료의 영향으로 도시락을 가지고 다니게 되면서 부엌에 서는 일이 생활 리듬에 자연스럽게 스며들었다. 이 방문이 그녀가 마음을 회복하게 된 제3단계였다.

맨션의 재계약 시기가 왔다. 그녀는 망설임 없이 이사를 택했다. 남길 것과 버릴 것을 구별해 짐을 줄였다. 이사한 곳은 부엌에 방이 하나인 1K형의 낡은 맨션. 하지만 건물 끝에 있는 집이

라 창이 두 면으로 나 있어 밝다. 냉장고만은 커다란 것을 그대로 가져왔지만, 책장과 아일랜드 식탁, 커피 테이블 등 대부분의 가구는 과감히 처분했다.

부엌은 좁지만 싱크대와 조리기구가 ㄱ자형으로 배치된 독립 공간이라 사용하기 편리하다. 물론 도시락 만들기와 요리도 일과가 되었다.

그런데 요리란 무엇일까. 그녀는 그것을 '입지 확인'이라는 간결한 말로 표현했다.

"다시 한번 혼자만의 생활로 돌아와 땅에 발을 붙이고 현실을 살아가요. 앞으로 어떤 일이 있어도 생활에서 최저한의 부분은 지키고 싶어요. 힘차게 살고 있는지 아닌지. 요리는 제게 그 입지를 확인하는 일이에요."

생활의 뿌리를 떠받치는 요리는 자기가 자기답게 건강히 살고 있는지를 확인하는 방법이기도 하다.

요리는 극단적으로 말하면 생명을 키우는 행위다. 그녀는 동시에 마음도 키우고 있다. 잃어버린 자신은 부엌에 있었다.

밖에서 맛있는 음식을 발견하면 집에서 재현해본다. 특히 태국과 베트남 요리를 마스터하고 싶어서 그런 종류의 새로운 레시피 탐구에 여념이 없다. 요리 프로그램도 메모를 하며 보았다가 곧바로 시도한다.

"다시 한번 좋은 일이 생긴다면 요리가 도움이 되겠죠?"

마지막에 소녀처럼 웃으며 어깨를 으쓱한다. 이런 총명한 사람에게는 분명 좋은 일이 다시금 찾아올 거라고 나는 가만히 믿고 있다.

충실한 삶을
살지 못하다

프리랜스 작가(여성) | 46세
도시마구 | 분양 맨션 | 2LDK
남편(생화 판매업 · 52세), 큰아들(16세),
작은아들(13세)과 4인 가구

2000년, 출산을 계기로 어시스턴트로 일하던 작가 밑에서 독립해 프리랜스 작가가 되었다. 동시에 남성잡지에서 원래 하고 싶었던 여성잡지로 노선을 바꿨다. 그로부터 4개월 뒤, 18평짜리 2LDK 맨션을 구입했다.

"독립, 출산, 맨션 구입이 전부 같은 시기예요. 가족생활이 어떤 건지 모르는 채로 집을 갖게 되는 바람에 뭐랄까 정신없이 여기까지 오고 말았어요."

그녀는 이렇게 회상한다. 나이보다 약간 젊어 보이지만, 결코 활동적인 커리어 우먼 이미지는 아니다. 땅에 발을 붙인 반듯한 엄마. 컴퓨터도 어울리지만 앞치마도 어울릴 것 같다. 지금은 고등학생과 중학생의 어머니로서 안정적인 관록마저 느껴지지만, 둘째 아들이 태어났을 무렵에는 그야말로 '엉망진창'이었다고 한다.

부족한 자신을
책망하다

둘째 아들이 알레르기가 있어 유제품을 뺀 요리에 정성을 들였다.

같은 업종이라 잘 아는데 작가라는 직업에 정해진 업무시간이라는 건 없다. 마감이 다가오면 밤낮이 없어지고, 방은 자료투성이가 되고, 식사조차 소홀해진다. 더구나 자식은 시한폭탄이다. 나도 아이가 어렸을 때 하루가 30시간이었으면 하고 몇 번이나 생각했던가. 아니면 곤란할 때 바로 날아와주는 슈퍼맨 같은 베이비시터가 있다면 얼마나 좋을까 하고.

그녀가 고양이 손이라도 빌리고 싶었던 시절에 산 것이 있다. 압력 냄비와 식기세척기다. 둘 다 노동 시간을 단축해주는 도구들이다. 유제품이 들어가지 않은 빵을 만들 가정용 제빵기도 필수품이었다.

그런데도 그녀는 늘 시간이 부족했다.

"아침형 생활이 유행이라 흉내 내볼까도 했는데 아침에 일어나기가 힘들어서 저한테는 무리더군요. 미리 밑작업을 해서 기본 반찬을 만들어두면 편하다는데 정작 만들어둘 시간도 없고, 워낙 집안일이 서툴러서 만들어두었다 하더라도 그 재료를 여러 요리에 응용하지 못했어요. 피곤하면 오늘은 어디서 사 가야겠다고 생각하는 제가 싫었어요."

현재 10대부터 스무 살 전후의 자녀를 둔 여성들이 걸어온 시절에 '생활' 열풍이 불었다. 충실한 삶을 살자, 제철 식재료로 식

탁을 풍성하게 만들자, 안전에 신경 쓴 몸에 좋은 음식을 먹자고 각 잡지에서 일제히 주창했다. 예를 들면 그릇은 대량생산되는 제품보다 작가의 작품을 사서 쓰자는 식이었다. 만드는 사람의 느릿한 라이프스타일 자체도 주목받았다. 요리 연구가, 공예 작가, 건축가 등. 물건 만들기를 생업으로 삼은 사람들의 땅에 발을 붙인 일상이 재조명된 것은 버블경제 붕괴 후 세상의 흐름으로서 지극히 자연스러운 현상이었다. 그런 가치관이 확산되는 건 환영할 일이기도 하다.

그러나 어느 시절이나 엄마는 바쁘다. 24시간 시한폭탄 같은, 이치를 이해할 리 없는 젖먹이와 어린아이를 키우면서 풀타임으로 일을 계속하는 엄마들에게 일본이라는 나라는 여전히 불친절하다.

충실한 삶을 살지 못하는 자신, 집을 쾌적하게 유지하지 못하는 자신, 민첩하게 척척 일상을 꾸리지 못하는 자신을 책망하고 마는 어머니는 분명 그녀뿐이 아니다. 나 역시 그중 하나다.

"어렸을 때부터 일상적인 일에 약했어요. 요리도 사람들이 오는 이벤트성 대접에는 의욕이 솟고, 된장 담그기나 빵 만들기 같은 특별한 일은 즐겁게 할 수 있지만, 일상적인 요리는 마음이 내키지 않는 거예요. 엄마가 되고 나서 매일 같은 일을 반복하지 않으면 가정이 돌아가지 않는다는 현실에 직면하고 당황했어요. 정말 바로 얼마 전까지만 해도 시행착오의 연속이었죠."

제가 산만해서요, 라고 그녀는 말하지만 과연 그럴까. 그래서 그날그날의 일을 '야무지게' 처리하지 못하는 걸까.

아니, 그렇지 않다.

다들 저마다 기대에 못 미치는 자신을 때로는 책망하고, 때로는 좌절하고, 그러다 다시 일어나 겨우겨우 자기 나름의 방법을 찾아내기도 하면서 줄타기하듯 어머니 역할을 헤쳐 나가고 있다. 나는 그렇게 생각한다.

남편의 밥이

가르쳐준 것

아이가 자기를 닮아 차분하지 않은 게 아닐까 걱정스러워 학교 상담사와 상담을 하기도 하고 발달이나 뇌과학에 관한 책도 읽었다. 그러던 중에 깨달았다.

"사람에게는 각자 타고난 성향이 있고, 무언가가 부족하다고 해서 노력하지 않는 건 아니라는 말에 정신이 퍼뜩 들었어요. 아, 나도 그렇구나, 산만한 게 성향이라면 별수 없잖아 싶었어요. 아이의 성향도 똑같아요. 부족한 것을 무리하게 애쓰기보다 자기 자신을 잘 알고 성향에 맞는 방법으로 세상을 살아가면 된다고 생각하자 거짓말처럼 마음이 편해지더군요."

요리책 관련 일도 많은데, 읽는 것도 좋아하고 정성스럽게 차려 내는 요리에 로망이 있다. 하지만 가정에서 만드는 요리는 좀 더 평범해도 된다는 걸 깨달았다.

"책을 보고 새로운 요리를 만드는 것보다 고기를 휙휙 볶기만 하면 되는 반찬을 가족들은 더 좋아해요. '언젠가 아침형 생활로'의 그 '언젠가' 따위 오지 않는다고 받아들이면 고집을 버리게 돼요. 부족한 자신을 책망할 게 아니라, 성향에 맞는 일과 맞지 않는 일이 있는 게 당연하다고 인정하면 되는 일이에요."

또 남편에게도 배웠다. 아이의 알레르기 문제가 있기도 해서 그녀는 식재료와 조미료 대부분을 생협이나 자연식품점에서 조달해서 썼다. 그런데 바쁠 때 아침밥을 담당한 남편이 차린 건 병조림 연어 플레이크와 레토르트 미트볼, 병에 든 김조림 삼총사였다.

"채소는? 하고 물어도 남편은 크게 신경 쓰지 않아요. 그런 것보다 일단 밥을 잘 먹는 게 중요하다고 생각하는 거죠."

특히 병조림의 보존료와 첨가물이 걱정됐다. 그런데……

"아이들이 정말 좋아하더군요. 남편이 주먹밥을 만들면 터무

니없이 크고, 속재료로 시중에서 파는 김조림을 넣는데 아이들이 사족을 못 써요. 그걸 보니까 집밥이란 게 이런 거구나 싶었어요. 즐겁게 많이 먹으면 그만이고, 속재료가 뭐든 아빠가 만든 커다란 주먹밥을 먹었다는 추억이 남는 게 중요해요. 차츰 그렇게 생각하게 됐어요."

생화 판매업을 하는 남편은 결혼 초기부터 가정일에 협조적이었다. 청소, 빨래, 아침에 가족을 깨우고, 심지어 일기예보를 체크해 아이들에게 우산을 들려 보내거나 "오늘은 반팔을 입으면 추워"라며 챙겨주기도 한다. 그러나 요리만은 달랐다고 한다. 큰아들이 태어났을 때 이렇게 선언했다.

"식사만큼은 당신이 차려줘."

결혼 직전에 요리 솜씨 좋은 어머니를 떠나보낸 남편은 무슨 일이 있을 때마다 어머니의 요리에 얽힌 추억을 이야기하곤 했다. 자식에게 어머니가 손수 만들어준 요리의 기억은 언제까지나 사라지지 않고 마음에 남는 법이라 믿는다는 걸 그녀는 알고 있다. 그래서 군말 없이 순순히 승낙했다.

"사실 요리하는 남자에게 로망이 있었지만, 그때 남편이 제게 맡겨주어 다행이라고 생각해요. 그렇지 않았다면 마음을 먹지 못했다고 할까, 매일 요리를 할 각오가 서지 않았다고 할까……."

결국 일에 쫓기는 아내를 보다 못해 요즘에는 남편도 부엌에 선다. 아이들이 좋아하는 그 삼총사로 아침을 차리거나, 저녁식 사로 '삿포로 이치반' 소금 라면을 응용해 요리를 만들거나. 영양을 생각하기보다, 어쩌다 먹는 아빠의 요리가 즐거운 기억으로 영원히 새겨진다면 그걸로 족하다. 그녀도 그렇게 마음을 고 쳐먹었다.

이제 슈퍼에 가도 아이들은 아무도 따라오지 않는다. 고등학 생과 중학생 남자아이니까 당연하다. 그런데 그게 섭섭하다고 그녀는 말한다.

"꼬마 때는 둘째를 유모차에 태우고 큰아들의 한쪽 손을 잡고 있으면 둘째는 칭얼거리고, 큰아들은 가게 물건에 손을 대려고 해서 장 하나 보기도 힘들었는데 이제는 저 혼자예요. 하나가 편 해진다는 건 하나가 품을 떠난다는 뜻이에요. 그리 생각하면 힘 들었던 일도 행복이었구나 싶어 애틋하게 느껴져요."

힘들었던 추억은 거품처럼 사라진다. 잡았던 작은 손의 온기 만이 하늘하늘 덧없이, 그렇지만 꺼질 듯 꺼지지 않는 불꽃처럼 언제까지나 마음속에 피어 있다.

여자는 여기저기 머리를 부딪히고, 넘어지고, 일어서고, 걸어 갔다가 돌아오기도 하면서 점점 엄마가 되고, 겨우 요령을 터득

해서 어엿한 한 사람의 엄마가 되었다고 생각할 무렵에는 아이들이 품을 떠나고 없다.

집이 점점 비좁아져 실은 다음달에 이사를 간다. 지진 재해를 계기로 물건을 지나치게 소유하지 않고, 전기를 사용하는 도구를 줄여야겠다고 생각하게 되었다. 처분한 것은 압력 냄비, 식기세척기, 그리고 가정용 제빵기다. 둘째 아들의 알레르기도 나아서 가정용 제빵기는 다른 사람에게 넘겼다. 양육도 일단락되어 그런 것들에 의지해야 할 계절은 지난 것이다.

"이제 와 생각해보면 도구도 인생의 통과점이었나 봐요."

지금까지 거실 한쪽 구석에 수납장으로 칸막이를 세워 일하는 장소로 사용했지만, 다음 집에는 작기는 해도 처음으로 자기 방이 생긴다며 눈을 반짝인다.

그녀 인생의 다음 무대가 시작된다.

40대,
가정의
위기 끝에
발견한 것

주부(여성) | 44세
스기나미구 | 임대 맨션 | 3LDK
남편(자영업 · 45세), 큰딸(14세), 아들(10세),
작은딸(7세)과 5인 가구

다양한 사람의 부엌을 취재하는「도쿄의 부엌」을『아사히신문』디지털 본부 '&w'라는 웹 사이트에 연재하고 있다.

어느 날 구마모토현에 사는 여성 독자가 직접 내 앞으로 메일을 보내왔다.

"후쿠시마 원자력발전소 사고를 계기로 도쿄에서 구마모토로 이주했습니다. 이곳에는 오래된 민가를 새로 단장해 근사하게 사는 사람, 논밭을 일구며 저장식품을 만들어 자급자족에 가까운 생활을 하는 사람들이 많이 있습니다. 꼭 취재하러 와주세요."

이런 메일은 가끔 온다. 안타깝지만 취재는 도쿄 도내로 한정되어 있다고 답장을 하고 끝났다.

그로부터 3년이 지났을 무렵.

"예전에 구마모토에서 메일을 보냈던 사람입니다. 지금은 도쿄로 돌아왔답니다. 이번에 구마모토에서 일어난 지진으로 시장이 문을 닫아 아는 농가가 수확한 아스파라거스를 출하하지 못해 곤란한 상황이에요. 정말 맛있는데 매일 폐기해야 하는 모양입니다. 도와주는 차원에서 사주지 않으시겠어요?"

기꺼이 사겠다고 답장을 했다. 물건 전달을 위해 처음 만난 그녀는 빵긋빵긋 붙임성 있는 웃는 얼굴로 서 있었다.

이렇게 독자와 직접 만나는 경우는 거의 없지만, 아무래도 작가로서 그녀에게는 꼭 들어야 할 이야기가 있을 것 같았다. 예컨대 지진 재해 후 피난이라는 결단을 내린 배경, 구마모토에서의 생활, 그리고 왜 다시 도쿄로 돌아왔는지.

아소阿蘇에서의 생활과
잿빛 응어리

그 후 카메라를 메고 자택을 찾았다. 한 층에 한 세대, 4층짜리 조그만 임대 맨션의 꼭대기 층. 사방에 창이 있어 5월의 상쾌한 바람에 커튼이 살랑살랑 흔들리고 있었다. 오픈 키친 형태의 부엌에서도 하늘이 보였다. 다섯 식구라고는 여겨지지 않을 정도로 짐과 가구가 적고 깔끔하다.

"구마모토에서 돌아올 때 그릇부터 옷, 책 등 갖가지 짐을 대대적으로 처분했어요. 정말 기분이 좋았어요. 가뿐했죠."

왜 구마모토로 갔나요? 자녀들은 유치원이나 학교 친구들과 헤어지는 걸 싫어하지 않았나요?

그녀는 천천히 이야기를 시작했다. 그때의 대화를 기록한 연재의 일부를 인용한다.

"아이들을 데리고 도쿄를 떠나지 않을래?"

후쿠시마의 원자력발전소 사고 직후, 남편은 심각한 얼굴로 말을 꺼냈다.

남편이 방사능이나 체노르빌에 관해 지식이 깊은 건 알았지만 곧바로 이사를 가자고 설득할 줄은 생각지도 못했다.

"애들 건강을 위해서"라는 남편의 진지한 눈빛. 가족을 사랑하기 때문에 한 결심임을 말로 하지 않아도 알았다. 그래도 쉽사리 고개가 끄덕여지지 않았다.

아이들은 두 살, 다섯 살, 아홉 살. 일이 있는 남편은 도쿄와 지방을 오갈 거라고 했다.

"이제 겨우 막내가 내년에 유치원에 들어가는데 왜 생활의 기반을 바꿔야 하나 싶었어요. 아무것도 모르는 땅에서 세 아이를 키우며 산다는 게 상상이 가지 않았죠. 우리 집은 자영업이니까 고민이라도 할 수 있죠. 샐러리맨 가정에서는 그리 간단한 문제가 아니니까 아이 친구 엄마들에게도 쉽게 의논하지 못했어요."

그해 8월, 가족끼리 2주 동안 규슈 여행을 갔다. 남편에게는 예비 조사였지만, 아이들은 단순히 즐거운 가족여행으로 알고 있었다. 렌터카를 타고 하카타에서 미나미아소무라南阿蘇村로 접어든 순간, 그녀는 시야 가득 펼쳐진 초록빛 대지와 그 너머 산들에서 눈을 뗄 수 없었다.

"산이 어찌나 아름답던지요. 강물도 맑아서 아이들은 강에서 노는 데 푹 빠졌죠. 어때, 이런 곳에 살면 멋질 것 같아? 하고 물으니 '살고 싶어!'래요. 저도 자연의 아름다움에 압도되고 말았어요. 도쿄를 떠난다면 이런 곳에서 도쿄에서와는 정반대되는 생활을 하고 싶다는 생각이 본능적으로 들었어요."

이주한 곳은 미나미아소무라. 장마 때는 하늘이 뚫린 듯이 비가 퍼붓고, 여름에는 저녁매미 울음소리에 눈을 뜬다. 겨울의 아소산은 온통 눈 덮인 풍경. 살을 에는 추위 속에서 장작 난로의 불꽃을 바라보며 지낸다.

"사계절의 변화란 게 이렇게 화려했구나. 매미에게도 우는 순서가 있다는 걸 처음 알았어요. 반딧불이와 달빛의 아름다움도요. 매일의 풍경이 믿을 수 없게 예뻤어요. 아이들과 사계절의 추억을 쌓았어요. 그 정도로 부모 자식끼리 딱 붙어 지낸 날들이 없었죠. 전부 살아보지 않으면 몰랐을 것들뿐이에요."

의외인 건 요리에 시간을 투자하지 않게 되었다.

"재료가 맛있으니까 그다지 공들일 필요를 못 느끼겠더라고요. 제철 음식은 데치기만 해도 맛있으니까요. 한라봉도 딸기도 싸고 신선해요. 식생활도 정말 호사스러웠죠."

자기가 먹을 쌀은 자기가 직접 재배하려는 사람이나, 목공,

도예 등 물건 만드는 일에 종사하는 사람. 이주해 온 사람도 많아서 도쿄에 있을 때와는 또다른 친구들이 많이 생겼다.

이것이 전반부다. 후반의 기사는 아소의 부엌과 풍요로운 식생활을 지금 도쿄에서 떠올리며 그리워하고 있다는 말로 맺었다.

당시 취재에서는 도쿄와 구마모토를 왕복하는 남편과 차츰 마음이 엇갈렸고, 아직 그 앙금이 사라지지 않았다는 게 말의 조각에서 엿보였지만, 그 부분은 밝히고 싶지 않은 듯했다. 단 한 번의 취재로는 품속으로 성큼 들어갈 수 없다. 부부의 갈등은 연재의 주제에서도 벗어나므로 파고들지 않기로 했다. 그렇지만 내 마음속에 잿빛 얼룩 같은 응어리가 남았다. 지진 재해로 이주하거나 돌아오거나 하는 것은 특이한 예이겠지만, 그녀가 안고 있는 듯한 부부의 문제는 많은 40~50대 부부가 안고 있는 그것과 유사성이 있지 않을까. 오랜 세월 함께 산 남편과의 아는 듯 알지 못했던 가치관의 차이. 일이 바쁘다는 핑계로 줄어드는 대화 시간. 결혼한 지 22년 된 우리 집이라고 다르지 않다. 그녀의 갈등은 나의 것이기도 하다. 잿빛 얼룩은 누구에게나 있는 보편적인 테마와 관련되어 있다고 직감적으로 생각했다.

2개월 뒤인 7월. 이 책의 집필을 시작할 무렵 맨 먼저 그녀가 떠올랐다. 지금이야말로 그 잿빛 응어리의 정체를 밝혀낼 때다.

전화로 부부의 이야기를 들려주었으면 한다고 취재를 요청하자 이번에는 명확히 이렇게 말했다.

"사실 우리 부부는 지금 공중분해 직전이라 저 자신도 앞으로 어떻게 될지 모르겠어요. 그러니 취재는 어렵겠어요."

그럼 취재라는 틀을 버리죠. 받아 적지도 않겠습니다. 지금 어떤 상황인지, 왜 구마모토에서 도쿄로 돌아오셨는지 들려주지 않으시겠어요, 라고 졸랐다. 당신 부부 문제의 본질은 동세대 많은 사람들이 안고 있는 것과 공통점이 있다고 생각해요. 시간이 지나 혹시 기사로 써도 된다는 타이밍이 오면 쓰게 해주세요, 그때까지는 쓰지 않겠습니다, 라고도.

"알겠어요. 이야기를 하다보면 마음이 정리될 테고, 저 스스로 이 문제에서 도망치지 않고 똑바로 보며 생각하는 계기가 될지도 모르겠네요. 취재가 아니라면 기꺼이 모실게요."

'남편이 없는 시간'에

익숙해지는 고독

"구마모토에서 산 3년 동안 남편은 절반도 곁에 없었어요."

그녀는 담담하게 말을 꺼냈다. 프리랜스로 미술 관련 일을 하는 남편은 도쿄에 사무실이 있다. 휴일을 내어 구마모토를 오가는 생활로, 남편만 중심축이 도쿄에 있었다. 마당 딸린 6DK짜리 셋집은 엄마와 아이 셋에게는 지나치게 넓었다. 육아 문제로 의논하고 싶을 때 남편의 빈자리는 상상 이상으로 컸다고 한다.

"작은 아이들 둘은 쑥이다, 반딧불이다 하며 자연 속에서 무럭무럭 자랐지만, 사춘기에 접어드는 큰딸은 원래 만화와 음악, 예술을 좋아하는 실내파예요. 환경과의 궁합에도 맞고 안 맞고가 있어요. 더구나 학급이 하나라 어린이집 시절부터 멤버가 바뀌지 않는 지역에서 친구를 만들기란 어른들이 상상하는 것 이상으로 마음이 쓰이는 일이에요. 하지만 부모님이 결정한 일이니까 그 애는 오랫동안 아무에게도 말하지 않고 참았던 거예요. 한참 지나 그걸 알았을 때는 가슴이 꽉 죄는 것 같았어요. 아이의 마음을 힘들게 했다니 얼마나 못난 부모인가 싶었죠. 바로 남편에게 도쿄로 돌아가고 싶다고 이야기했어요. 남편은 아직 이르다, 적어도 3년은 노력해달라며 물러서지 않았어요. 몇 번을 이야기해도 평행선이었죠. 그때부터였어요, 나와 남편은 한 지붕 아래에 살았어도 보고 있는 것은 달랐구나, 이렇게 생각하기 시작했던 게."

자녀의 건강을 제일 우선으로 생각해 이주를 결심했던 남편이 아이의 마음에는 관심이 없다는 사실이 이해되지 않았다. 그녀는 차츰 남편을 이해하려는 마음이 사라졌다.

그 일이 있기 몇 개월 전, 둘이 시네플렉스에서 오래된 영국 영화를 봤다. 남편이 형편없는 영화라며 보지 말걸 그랬다고 말하는 바람에, 감동했던 그녀는 감상을 말할 분위기가 아니다 싶어 입을 꾹 다물고 말았다. 이렇게 감성이 다르다면 이제 다시는 같이 영화를 보지 말아야겠고 결심했다.

두 사람은 10대 후반에 뉴욕에서 만났다. 그녀는 유학생, 남편은 아르바이트를 하며 그림을 그렸다. 스무 살, 스물한 살 때 함께 살기 시작해 그녀가 스물다섯 되던 해에 결혼했다.

"옛날에는 보는 것도 듣는 것도 다 취향이 맞았는데, 영화 하나도 어느새 그렇게 느끼는 방식이 바뀐 거예요……. 남편은 창조적인 일을 해서 창작물에 대해 보는 눈이 까다로워요. 그 점은 남편이 쌓아온 시간의 성과이고, 그렇기 때문에 일선에서 계속 일할 수 있었어요. 직업인으로서 매우 존경하고, 나 같은 사람이 영화 작품을 이렇다 저렇다 평가할 입장도 아니죠. 다만 서로의 감성이 변했다는 사실을 똑똑히 자각했어요. 그런 의미에서 잊지 못할 사건이었어요."

큰딸이 초등학교 5학년부터 중학교 1학년 때까지 3년을 구마모토에서 보낸 뒤 가족은 도쿄로 돌아왔다. 여자아이에게 열세 살은 섬세한 계절이다. 이미 만들어진 집단 속으로 들어가기란 쉽지 않다.

사춘기 자녀를 둔 부모라면 많든 적든 누구나 부딪히는 벽에 그녀도 부딪혔다. 역시나 의논하고 싶을 때 남편은 곁에 없었다. 마흔다섯의 한창 일할 나이. 사회의 평가도 신경 쓰인다. 냉엄한 크리에이티브의 세계에서 일에 몰두했다가 녹초가 되어 귀가하는 남편에게 집과 아이 일을 이야기해도 건성으로 대답할 뿐이다.

"구마모토에서 남편이 없는 시간에 익숙해지는 게 서글펐어요. 아이의 몸을 저 혼자 지키고 있는 듯한 감각이었죠. 이주해서 원만히 유지되는 가정은 모두 남편도 함께 살았어요. 도쿄에 돌아가면 외롭지 않겠지 했는데 전혀 그렇지 않았어요. 옆에 있는데도 마음만은 몹시 고독했어요."

나는 대꾸할 말을 찾지 못했다. 분명 남편 나름대로 가족을 생각하고 있을 거라는 둥, 그런 뻔한 위로는 통용되지 않는다는 걸 알고 있다. 사람은 한 지붕 아래에 있어도 속수무책으로 외톨

이라고 느낄 때가 있다. 마음이 가깝지 않으면 함께 있어도 고독한 법이다.

이 이야기는 기사로 쓰지 못할 거라 판단해 그쯤에서 손을 뗐다.

그녀의 고뇌하는 옆얼굴. "이혼도 생각했지만 아버지로서는 다정하고 자기 나름대로 아이들을 진지하게 생각해요. 그걸 갈라놓을 용기도 없었고요"라는 말 앞에 어떤 지향점이 있단 말인가. 그건 본인들밖에 모른다. 나는 더욱 마음이 심란해진 채 그녀의 이야기에 미련을 버렸다. 아니, 버렸다고 생각했다. 9월에 한 통의 메일이 도착하기 전까지는.

서로의 약함을

인정하다

"남편과 크게 싸우고 나서 상황이 바꼈어요. 지금이라면 이야기할 수 있는데 어떠세요?"

여름의 끝자락, 갑자기 그녀에게서 메일이 왔다. 짧은 문면이지만, 행간에서 들뜬 마음이 전해지는 것 같다고 하면 기분 탓일까.

"기사로 써도 될까요?"

"물론이죠!"

어쩐지 역전 홈런이라도 친 듯한 기색이다. 발걸음도 가볍게 만나러 갔다. 그날 만난 그녀는 정말 밝고 한결 편안해진 표정에 목소리에서는 자신감이 넘쳤다. 개운하다는 건 저런 표정을 말하는 것이리라. 입을 열자마자 그녀가 말했다.

"딸의 학교 설명회가 있어서 작은 아이들을 봐달라고 한 날에 남편이 일을 잡아놔서 크게 싸우게 됐어요. 당신은 아이들 생각 따위 손톱만큼도 안 하잖아! 이렇게 비수 같은 말을 쏟아 부었죠."

언제나 부부싸움은 밤. 그녀가 맥주나 와인을 마시고 술의 힘을 빌려 남편에게 불평이나 푸념을 늘어놓으며 남편을 몰아세우는 패턴이다. 그날 밤도 그랬다. 화이트와인을 마시면서, 남편을 향한 불평이 점점 더 심해졌다. 그러면 입을 다무는 게 남편의 습관인데 그날은 달랐던 모양이다.

"부부싸움이란 거, 자기가 들으면 상처 받을 말을 아무렇지 않게 해버리죠. 속으로는 이제 그만하라고 누가 말려줬으면 했어요. 하지만 멈출 수가 없었죠. 그러자 남편이 '집도 힘들다는 거 알지만, 나도 일하느라 정신없이 바쁘고 힘들었어'라고 처음으로 말을 했어요. 그건 '눈에는 눈 이에는 이'로 서로 얼마나 힘

든지 호소한다는 게 아니라 마음속에 있는 것을 조금씩 끄집어
내어 설명한다, 그런 느낌이었어요."

구마모토와 도쿄에 떨어져 지내면서 가족을 위해서라도 더
열심히 벌어야겠다고 큼직한 일을 늘린 것, 직장에서 자신은 늘
새로운 것을 요구받는 도전자라 긴장을 늦출 수 없다는 것, 녹초
가 되어 집에 돌아오면 아이들 일로 폭발할 것 같은 아내가 있어
어찌하면 좋을지 몰랐다는 것.

그때 결혼하고 처음으로 남편의 입에서 이런 말이 나왔다.

"여러 가지로 하고 싶은 말이 많았는데 타이밍을 찾지 못했
어. 감정 표현이 서툰 걸 이해해줬으면 좋겠어……."

상업미술의 세계에서 재능을 발휘하면서 늘 자신감이 넘치고
자존심이 강한 사람. 그것이 남편의 이미지였다. 집에서는 대화
만 하려 하면 말이 없어지는, 내 마음에 무관심한 사람. 내 기분
따위 알려고도 하지 않는 닫힌 사람. 그렇게 여겼던 남편이 처음
으로 눈앞에서 자신의 약점을 내보였다. 그녀에게는 큰 충격이
었다.

"아, 이 사람도 약하구나, 라고 깨달았어요. 혼자서도 끄떡없
는 강한 사람이라고 믿었는데 그렇지 않았어요. 남편 역시 그저
약한 인간이었던 거죠. 부부란 오래 함께 있을수록 이 사람은 이
렇다, 다 아는 것처럼 단정 지어버려요. '내 안의 남편'이 완성되

어버리는 거죠. 그런데 정말로 그럴까 고민해볼 필요가 있어요. 저는 남편의 약점을 알고 제 안의 부드러운 마음을 조금씩 상기해나갔어요."

지금까지 늘 불평을 하거나 공격할 생각밖에 하지 않았다. 적의와 분노밖에 없었기 때문이다. 그리고 남편은 이렇게 말했다.

"당신은 좀 큰딸을 놔줄 필요가 있어."

정신이 번쩍 들었다. 아이와 함께 기분이 오르내리는 자신을 주체할 수 없었다. 친밀감이 과하다고 어렴풋이 느끼기도 했다. "이제 그럴 시기라고 생각해"라고 남편은 말을 이었다. 주르륵 눈물이 흘러내렸다. 보지 않는 듯해도 남편은 주의 깊게 보고 있었던 것이다.

"다른 것도 불만이 있으면 얘기해."

격해졌던 목소리가 서서히 진정되었다. 띄엄띄엄 남편이 중얼거렸다.

남자 같은 말투가 싫었다. 방을 잘 치웠으면 좋겠다. 걷은 빨래를 던지지 마라. 자기에 대한 존중이 없으면 괴롭다. 그게 자신의 가장 큰 원동력이다. 일할 때도 힘이 난다. 여러 가지로 하고 싶은 말이 많았는데 타이밍을 찾지 못했다. 감정 표현이 서툴지 않느냐……

"창피한 얘기지만, 제가 무의식적으로 걷은 빨래를 소파에 툭 던졌더라고요. 저는 개의치도 않는 그런 사소한 일이 남편에게 는 스트레스였음을 알았어요. 그리고 남편은 말이 가진 힘을 알아요. 그래서 가볍게 말로 표현하지 못한다는 걸 알았죠. 남편과 산다는 건 감정을 말로 표현하기가 힘들다는 그를 받아들인다는 것. 뭐든 말로 표현하는 부부도 있지만, 우리는 달라요. 달라도 돼요. 그게 결혼이란 거 아닐까요."

개의치도 않았던 빨래처럼 부부라 할지라도 애당초 좋고 싫은 기준도 다르고 감성도 가치관도 다르다. 다른 생물이라고 인식하고서 어디가 다른지를 알아두면 된다.

나는 조심스레 구마모토로 이주했던 걸 남편이 딸에게 사과했는지 물었다.

"아니요. 미안하다고 말하면 그 사람 안의 중요한 무언가가 바뀌고 말겠죠. 이주는 가족을 생각해서 결단했다는 사실에 변함은 없으니까 그 사람 안에서 후회는 없어요. 지금은 그걸로 됐고, 다른 사고방식이라도 상관없다고 생각해요. 가정이란 게 아버지가 없어도 어떻게든 돌아가잖아요? 저는 도와줬으면, 혼자두지 말았으면, 이렇게 생각하면서 닫힌 사람이 어차피 알아줄리가 없다고 단정 지었어요. 사실은 남편과 내가 팀을 이뤄야 하는데, 딸에게 남편에 대한 푸념을 하면서 딸과 팀을 이루고 말았죠. 그런 식으로 남편을 알게 모르게 소외시켰어요. 그러니까 닫힌 건 제 쪽이었어요."

서로의 차이를

받아들인다는 사랑

대화는 깊은 밤까지 이어졌다. 그녀의 날카로운 고함으로 시작
된 첫 단계에서 큰딸이 어린 남동생과 여동생을 "괜찮아"라고
다독이며 자기 방으로 데리고 와 함께 잤다는 걸 나중에 알았다.
평소와 다른 엄마의 무서운 얼굴에 남매는 좀처럼 잠들지 못했
던 모양이다.

"몹쓸 짓을 했어요. 하지만 그때 똑바로 마주하지 않고 이 문
제에서 계속 도망쳤다면 저는 이 결혼생활을 포기했을지도 몰라
요. 도망쳤다면 분명 후회 말고는 아무것도 남지 않았겠죠. 이제
저는 조금 더 마주보는 것에 도전하고 싶어요."

깊은 밤 둘이서 미지근해진 화이트와인을 같이 마시기 시작
했다.

"처음에는 와인 맛 따위 느낄 여유가 없었는데 마지막 모금은
부드럽던걸요."

그런데 부부가 삐걱거리던 무렵부터 아무리 늦어도 남편은

집에서 저녁밥을 먹었다고 한다.

"얼굴도 보기 싫을 때는 어디서 해결하고 와주었으면 싶잖아요. 분위기가 최악이었을 땐 그렇게 해달라고 부탁하는 메시지를 보낸 적도 있어요. 그런데도 그이는 꼭 집으로 와요. 집에서 밥 먹는 걸 좋아하는 건 예나 지금이나 변함이 없어요."

우엉조림, 무말랭이, 방어 무조림, 오징어 무조림, 부추 나물 등 채소 요리를 즐긴다. 반찬의 양념은 전부 요리 솜씨 좋은 시어머니를 따라 열심히 배운 것이다.

하루아침에 부부가 다시 시작하기란 어렵고, 대화 역시 그리 간단히 늘릴 수 있는 것도 아니다. 그녀는 평소처럼 손수 만든 요리를 내어주면서 "오늘 일은 어땠어?"라고 묻는다. "남편도 그게 가장 편하게 이야기하기 쉬울 테니까요." 거기서부터 그럭저럭 대화가 시작된다.

거기에서 무슨 이야기를 하느냐가 아니라, 당신을 받아들이고 있다는 말로 표현하지 못할 마음을 서로에게 전하고 확인한다. 받아들이는 일의 소중함을 그녀는 게임에 비유한다.

"아이들은 게임하지 말라고 말하지 않아도 엄마가 게임을 좋게 생각하지 않는다는 걸 자연스럽게 알잖아요? 부부도 똑같다고 생각해요. 거부라는 감정은 말하지 않아도 전해지고 말아요.

그런 상대에게 약한 소리나 속마음을 이야기할 마음이 들지 않 겠죠."

아무리 삐걱거려도 집에서 밥을 먹는다는 남편의 이야기를 듣고 문득 생각했다. 식탁은 날 때부터 다른 사람들끼리, 그럼에 도 불구하고 서로를 이해해보려는 마음을 교환하는 자리인지도 모른다. 이해하고 싶지 않은 상대에게 좋아하는 요리 따위 내어 주지 않는다. 젊은 시절부터 시어머니를 흉내 내어 남편이 좋아 하는 일식 반찬을 만드는 아내가 있었기 때문에 남편은 여기로 돌아왔다. 이렇게 말하면 너무 억지일까.

그렇다면 좋고요, 라며 그녀는 웃는다. 내가 남편이 좋아하는 음식을 만든 게 언제였더라 생각하며 돌아왔다. 아이에게 만들 어준 기억이라면 금방 떠올릴 수 있는데.

그녀와
그녀의 식탁

회사원(여성) | 28세
히노시 | 임대 맨션 | 2LDK
파트너(공무원·여성·34세)와 2인 가구

얼마간 마음의 준비를 하고 갔는데, 오랫동안 같이 산 부부처럼 자연스러워서 도리어 맥이 빠졌다.

"이 사람, 사귄 지 얼마 안 됐을 때는 아직 예전 여자친구와 동거하고 있었어요. 너무하지 않아요?"

"살고 싶다고 하니까 잠깐 같이 산 것뿐이야. 어쩔 수 없잖아."

어디에나 있을 법한 커플의 대화. 여성들이라는 사실 말고 무엇 하나 별난 점은 없다.

두 사람은 동성혼이 허용되는 뉴욕 주에서 2년 전에 결혼식을 올렸다. 반년 뒤, 이번에는 부모님과 친구들을 불러 K씨의 모교인 여자대학의 채플에서. 웨딩드레스 차림의 두 사람이 함께 찍은 사진은 정말 아름답고 자연스러워서 잠깐 넋을 잃었다. 화사한 두 명의 여성이 나란히 있는 결혼사진도 참 좋구나.

일본에서는 법률상 두 사람은 부부가 될 수 없지만, 이 아무 걱정 없이 행복에 겨운 사진을 보고 있으니 아주 소박하게, 일본의 헌법은 법 아래의 평등과 행복추구권, 성별에 기인한 차별 금지라는 이념이 있는데 왜 동성혼은 법제화되지 않는지 의문이 생긴다.

따분해 보이는

두 사람

보송보송한 마시멜로 같은 흰 피부에 긴 흑발, 블라우스에 스커트 차림을 한 단아한 K씨. 여섯 살 위의 T씨는 쇼트커트에 데님과 티셔츠를 걸쳤다. T씨는 어린이집에 다닐 때부터 예쁜 아이가 좋았다고 털털한 어조로 말한다. 요리는 싫어하고 부엌에서는 설거지가 전문. 반면에 K씨는 부엌일을 좋아해 반찬부터 절임류, 향토요리까지 척척 만든다. 조금만 들었는데도 두 사람의 절묘한 균형이 전해진다.

7년 전, 신주쿠 니초메도쿄 신주쿠 내의 성소수자를 위한 유흥업소가 밀집한 지역으로 알려져 있다의 클럽에서 만났다. 스물한 살과 스물일곱 살이었다. 대학교 3학년이던 K씨는 고교 시절에 여자를 좋아하는 자신을 감당하지 못해 침울해 있었다고 한다. 진학한 대학 기숙사에 레즈비언이나 양성애자 학우가 있어 그녀들과 어울리면서 처음으로 자신의 성정체성을 받아들일 수 있었다.

그러다 용기를 내어 간 여성 전용 클럽에 헤드폰을 목에 걸고 벽에 붙어 혼자 우두커니 서 있는 T씨가 있었다.

"술도 마시지 않고 춤도 추지 않고 벽에 기대어 있다니 특이한 사람이라고 생각했어요. 되게 어른처럼 보였어요."

한편 T씨는,

"클럽은 노출이 많은 옷차림을 한 애들이 오는데, K는 터틀넥에 카디건 차림이라 튀었어요. 차분한 애가 있길래 인상적이었죠."

따분해 보이는 건 두 사람 다 마찬가지. 자연스레 대화가 시작되어, 그 뒤에도 가끔 만나게 되었다.

K씨가 손수 만들어준 첫 요리를 T씨는 선명하게 기억한다. 처음으로 그녀의 학생 기숙사 방에 갔을 때 따끈따끈하고 맛있는 토마토소스 양배추롤을 내어주었다.

"나이도 어린데 이렇게 맛있는 걸 용케 만드네, 나를 위해 준비해줬구나 싶어 엄청 감격했어요."

밸런타인데이에 에노시마에서 데이트를 하던 중에 K씨가 고백을 했다.

"좋아해요, 그러니 저를 연애 상대로 봐주세요."

T씨가 전 애인과 애매한 관계가 계속되고 있음을 알면서도 자신의 생각을 밝혔다. 올곧은 눈동자, 직선적인 말. T씨는 이 올곧음에 감동했던 것이리라.

만난 지 3개월. 교제가 시작되었다.

관계에도

정기적인 정비를

"저는 원래 신중한 타입이에요. 그렇지만 T씨가 있어서 과감해
질 수 있었어요"라고 K씨는 말한다. 한번 취직한 회사를 관두고
대학원에 들어갈지 망설일 때도 등을 떠민 것은 T씨였다.

"계속 가고 싶어 했잖아. 아무런 목적도 없이 퇴사하는 건 반
대지만, 하고 싶은 공부를 한 단계 위에서 마무리하는 건 좋은
일 아냐?"

둘은 4년간의 동거를 거쳐 뉴욕에서 결혼했다. 여행을 떠나기
직전에 T씨는 할머니에게 고백했다.

"여자친구랑 혼인신고를 하기로 했어요."

복잡한 가정에서 자란 그녀는 여섯 살부터 열두 살 때까지 할
머니댁에서 자라 할머니가 곧 엄마나 다름없었다. 유일하게 마
음을 허락하는 육친이기도 했다. K씨를 데리고 자주 놀러 가기
도 했나.

이 1927년생 할머니가 또 어지간히 아방가르드한 사람이다.
직접 계정을 만들어 블로그를 운영하고, 궁금한 게 있으면 구글
에서 검색을 한다. 그런 할머니가 손녀의 고백을 듣고 처음 한

말은?

"나는 그런 일로 놀라지 않는다."

그리고 진심으로 기뻐하며 축복해주었다.

"좋은 색시가 와줬구나. T의 곁에 있어주는 예쁘고 청초하고 정말 좋은 색시야."

중앙 관청에서 일하는 T씨와 일반 기업에서 일하는 K씨는 직장 커밍아웃에 관한 상황도 다르다. 결혼식에는 LGBT에 이해를 표하는 지인과 동료를 불렀다. 앞으로 자연스러운 방식으로 서서히 커밍아웃하고 싶다고 말하지만, T씨의 경우는 꽤 어려움이 따를 듯한 예감이 들었다.

그럼 결혼생활은 어떨까. 나는 2014년과 2016년에 두 번 그녀들의 부엌을 찾았다. 교외의 임대 맨션. 평범한 구조지만 작으면서도 멋스러운 아일랜드 식탁 스타일이 마음에 들어 입주를 결정했다고 한다. 가스레인지 위에는 영양밥을 지을 때 자주 사용한다는 질냄비가 있었다. 아일랜드 식탁 옆에는 미국에서 산 부엌칼 세트, 냉동고에는 미리 만들어둔 칠리 콘 카르네고기를 넣은 매운 스튜가. K씨는 고향 도치기의 향토요리인 박고지를 넣은 달걀부침을 만들어주었다. 피자처럼 얇고 둥그렇게 구워낸 달걀부침은 달큰하고 짭짤해서 한없이 먹을 수 있을 만큼 친숙한 맛이었다. 지난번에도 그렇고 이번에도 마지막에 정성껏 끓인 녹차와 소담스레 담아낸 과자를 쟁반에 받쳐 내어주었다. 능숙하게 접대를 할 줄 아는 20대 K씨의 바지런함이 조금도 변하지 않아 안심도 되었다.

그런데 요즘 들어 T씨의 일이 너무 바빠 귀가가 늦는 모양이다. 그런 탓에 생활 리듬도 어긋나기 시작했다.

"무슨 일이든 둘이서 공유하고 싶어서 하고 싶은 말은 담아 두지 않으려고 해요. 하지만 이야기할 시간이 별로 없어요. 그래서 그녀가 목욕을 할 때 제가 욕실 앞 탈의실에 의자를 갖고 들어가 앉아 느긋하게 대화해요. 이야기를 하면 마음이 후련해져요. 생활 리듬이 달라도 어딘가에서 조정할 시간이 필요하죠. 부부란 정기적으로 관계를 정비하지 않으면 안 된다고 생각해요." (K씨)

관계는 끊임없이 정비해나가야 한다. 함께 있다고 말하지 않아도 서로가 이해되는 일은 없고, 말로 할 때 비로소 공유된다. 여성끼리든 남녀든 부부가 하루하루 맞닥뜨리는 문제는 같으며, 해결법도 하등 다르지 않다.

"오늘 말야, 회사에서 이런 일이 있었어." "응, 그래서 어쨌는데?" 욕조에 몸을 담근 채 귀를 기울이는 T씨와 문 하나를 사이

에 두고 푸념을 늘어놓는 K씨. 그래, 이 사람들 신혼부부였지, 라고 새콤달콤한 감각을 떠올린다.

새색시의 이런 말에 깜짝 놀라기도 했다.

"가족이라도 응석이 지나치면 안 된다고 생각해요. 상대가 지치지 않도록 생활도 두 사람의 일도 야무지게 해나가고 싶어요."

예를 들면 요리다. 여름이 오기 전에는 매실주나 매실주스를 담그고, 가을이 오면 밤밥을 짓는다. 계절에 주의를 기울여 제철 식재료 중심으로 만든다.

"요리를 하면 생활의 질이 높아진다는 걸 가난한 학생 시절에 배웠거든요. 돈이 없어도 영양이 풍부하고 맛있는 음식은 얼마든지 만들 수 있어요. 그러면 마음까지 풍성해져요."

본질을 깨닫는 능력은 아무래도 나이와 관계가 없나 보다.

당연하게 살겠다는

선택

두 사람에게는 다음 꿈이 있다. 아이를 낳아 기르는 일이다. K씨는 스무 살 때 자신의 성정체성을 깨닫고 한 가지 크게 낙담했다.

"나는 이제 아이를 갖지 못하겠구나 싶어 실망했어요. 하지만 T씨와 사귀면서 성정체성 때문에 여러 가지 일들을 포기하고 싶지 않다, 평범하게 살고 싶다, 여러 가지 일들이 당연해졌으면 좋겠다고 생각하게 되었어요."

알아봤더니 일본인 여성끼리 해외에서 정자를 제공받아 출산한 커플이 있었다. 그건 두 사람에게 커다란 희망의 씨앗이다.

세상의 눈, 친권, 경제적 · 육체적 부담, 낳지 않는 쪽의 부담, 정자 제공자와의 계약, 어린이집, 세상을 향한 설명. 법적 지원이 없는 가운데서 불안한 점을 들자면 끝도 없지만 도망치지 않기로 했다.

"세상이 뒤처져 있다고 해서 인생에서 제약을 받으며 살고 싶지 않아요. 하나하나 많은 일들을 당연하게 해나가고 싶어요. 솔직히 말하면 결혼식을 올렸을 때도 많은 눈이 지켜본다는 생각에 움츠러들었어요. 그런데 T씨가 '결혼식은 우리의 첫걸음이야. 그 정도도 극복하지 못하면 어떡하겠어?'라고 말하더라고요. 결혼식을 올려야만 가족이 되는 거니까 마음을 굳게 먹었죠."

자신들도 고민하고 애를 먹었다. 그러니 뒤를 따르는 여성들이 고민하거나 무언가를 포기하지 않도록 그녀들에게 도움이 되고 싶다는 마음도 크다. 사랑한다는 한마디로는 다할 수 없는 겹

겹의 생각들이 다음 꿈을 지탱하고 있다.

그 도전은 어쩌면 가까운 미래에 사회제도를 바꾸는 하나의 계기가 될지도 모른다.

신념이 흔들리지 않도록 앞으로도 이들의 인연이 더욱 공고히 이어지기를, 따라준 차의 단맛과 쓴맛을 음미하며 나는 조용히 바랐다.

*

금슬 좋은 부부는 일본술을 자주 마신다?!

나이를 불문하고, 식사시간이 긴 사람에게는 인상적인 공통점이 있었다. 식사 때 일본술을 즐기는 것이다.

도심에서 생활하는 서른한 살과 스물한 살 형제가 있었다. 본가의 부모님은 매일 저녁 술잔을 기울이는 게 습관이라 일본술과 안주가 끝없이 이어지다가 마지막에야 겨우 밥을 먹었다고 한다. 자식들도 부모님을 따라 먼저 안주를 먹었다. 초등학생이 되어 친구 집에 가서 처음으로 밥이 먼저 나오는 것임을 알았다고 한다. 주거니 받거니 하다보면 식사시간은 보통 한두 시간 걸린다. 그동안 가족끼리 대화가 이어져 "맞벌이로 바쁜 가정이었는데도 우리 가족은 다들 정말 사이가 좋았어요"라고 가식 없이 말하는 30대 남성의 말투에서 시원시원함이 엿보였다. 부모님의 영향으로 자신들도 식사를 오랫동안 즐긴다. 테라스에서 풍로로 채소를 구우면서 형제가 각자의 연인을 데려와 넷이서 해질녘부터 별이 총총한 밤까지 느긋하게 야외 식사를 즐기는 일도 자주 있단다. '세 살 버릇 여든까지 간다'라는 말에 딱 어울린다. 식사 습관은 좋든 나쁘든 자녀에게로 이어진다.

또 시어머니와 무척 사이가 좋은 예순일곱 살의 여성이 있었다. 근처에 살지만 서로 술을 좋아해서 며느리의 집에 시어머니가 하루가 멀다 하고 식사를 하러 들른다. 술친구인 며느리와 시어머니는 의기투합해 남편을 빼고 둘이서 온천에 가기도 한단다. 거실도 모자라 다다미방이나 툇마루, 벚꽃이 피는 무렵에는 마당에서도 술잔을 주고받는다. 술에 어울리는 제철 안주를 만드는 것이 또 즐겁답니다, 라고 그녀는 명랑하게 말한다.

데워 마시는 일본술은 와인이나 맥주처럼 뚜껑을 따서 바로 마시는 간편함은 없다. 체온 정도로 데워 작은 술병이 비면 다음 술을 데운다. 작은 술잔으로 홀짝홀짝. 그야말로 '술잔을 주고받는다'라는 말이 어울린다. 단숨에 마시는 술도 아니다. 안주도 묘하게 기름지거나 자극적인 요리는 어울리지 않아서 그리 쉽게 배도 불러오지 않는다. 안주를 먹고는 한 모금. 상대의 잔이 비면 따라주면서…….

그러니까 일본술에는 느긋한 간격이 끼여 있는 것이다.

잡지에서 당질에 관해 연구하는 조사이대학 약학부의 가나모토 이쿠오 선생과 대담을 한 적이 있다. 선생은 일본술의 당질은 눈엣가시로 여겨지지만 술 자체는 혈당치가 쉽게 올라가지 않도록 하는 작용을 한다고 말했다. 지나치게 마시면 좋지 않지만 알코올을 섭취하면 간에서 당질을 만들어내는 당신생^糖

新生이라는 작용이 억제된다는 것이다. 또한 같은 요리라도 꼭꼭 씹어 천천히 먹는 편이 혈당치의 급격한 상승을 막는다고 한다.

생선회, 초무침, 냉두부, 가오리 지느러미포, 젓갈, 찜 요리 등 일본술에 곁들이는 안주는 건강하고 가정에서 흔히 먹는 음식들이다. 게다가 데워 마셔도 좋고 차게 마셔도 좋다.

일본의 기후와 풍토가 낳은 좋은 것들을 잔뜩 품은 일본술은 대화의 폭을 넓히고 가족의 거리를 좁힌다. 이런 말이 있는지는 모르겠으나 일본술이야말로 훌륭한 '커뮤니케이션 푸드'가 아닐까. 친밀해지고 싶은 연인이나 조금씩 외풍이 불기 시작한 중년과 노년의 부부에게 은근한 효과를 가져다줄 것이다.

오래된 민가
부엌에서
오늘도 그는

물담배가게 경영(남성) | 38세
신주쿠구 | 임대 단독주택 | 4LDK
1인 가구

수영복 바지 차림으로

게이오기주쿠대학을 졸업하고 프리랜스 편집자를 하면서 신주쿠 골든거리도쿄 신주쿠구의 음식점 거리. 만화 『심야식당』의 배경지에서 바텐더를 하기도 하고 맨션의 방 한 칸에서 바를 경영하기도 했다. 요식업은 어디까지나 부업으로 할 작정이었다.

"처음에 편집일을 배울 때, '이 녀석은 바보니까 도와주자' 쪽이 될지 '건방지지만 죽도록 일 잘하는 녀석'이 될지 고민했어요. 그때 전 귀여운 바보가 되기로 결심했죠."

수영복 바지 같은 주황색 반바지에 여러 번 빨아 색이 바랜 면 셔츠. 큰 키에 고불고불한 파마머리. 털털하게 웃는 얼굴 사이로 언뜻언뜻 종업원 20여 명을 거느린 물담배가게 경영자의 날카롭고 엄격한 표정이 엿보인다. 천진함과 야심이 동거하는 듯한, 당최 종잡을 수 없는 묘한 느낌의 사람이다. 사랑받는 바보가 되려 했던 건 계산만은 아니리라. 그때그때 자신의 직감으로 선택히는 게 습관이 되었다. 그 자신감의 근거가 궁금해졌다.

도코노마다다미방 한쪽에 단을 약간 높여 마련한 장식 공간으로서 일본 전통가옥의 특징가 있는 오래된 목조 가옥에 살고 있다. 족히 4평은 될 듯한

부엌 곳곳에서 매실주스와 락교, 생강 절임, 매실장아찌와 쌀겨 절임이 나온다. 전부 집에서 만든 것이다.

"옛날부터 요리 만화를 즐겨 읽었어요. 어머니도 요리를 좋아해서 레스토랑에서 맛있게 먹었던 요리를 집에서 나름대로 재현해 만들어주는 분이죠. 저는 독립한 지 14년이 됐는데 초기부터 쌀겨 절임을 담갔어요. 점포에서 5년간 살았을 때도 담갔다니까요. 요리는 재밌어서 해요. 특히 여럿이 모여 와자지껄 떠들면서 먹는 걸 좋아해요. 이 집에도 종업원들이 매일 밤 같이 와서 식사하고 가요."

점포에서 5년? 2층이나 어딘가에 주거 공간이 있었느냐고 물으니 "아뇨, 손님이 가면 소파나 가게 바닥에서 자고, 개점 시각이 되면 그대로 일을 했어요. 목욕은 헬스장에서 샤워를 하고요. 빨래는 귀찮아서 빨아서 탈수만 되면 그대로 입었어요. 입은 채로 말려요. 봄부터 가을까지는 대충 그렇게 지낼 수 있어요. 그래서 수영복 바지예요. 잘 마르니까. 아, 오늘은 수영복이 아니에요. 지금은 적어도 그런 짓은 안 해요."

껄껄 웃었다. 서른여덟에 미혼. 점점 흥미진진하다.

넘버원이

되기 위해

물담배란 중근동에서 옛날부터 친숙하게 사용해온 흡연 도구로, 시샤라는 유리병을 사용해 담뱃잎에 첨가한 향을 즐긴다. 타르는 제로, 니코틴 함유율도 현저히 낮다. 최근 일본에서도 서서히 보급되고 있는데, 그는 아직 많이 알려지지 않았던 2011년부터 물담배가게를 시작해 현재는 점포가 다섯 개로 확장되었다.

'어떤 세계의 정상에 서고 싶다'고 생각했던 그에게 선견지명이 있었던 셈이다.

시샤와의 만남은 골든거리에서다. 아르바이트로 일하던 바에 놓여 있는 걸 보고 이 이국적인 기호품을 처음 알았다. 당시에도 낮에는 편집일을 했는데, 도급 형태의 편집일에는 언젠가 한계가 오리라 느꼈다고 한다.

"젊을 때는 체력으로 승부를 본다는 느낌으로 밀어붙일 수 있어도, 해를 거듭하면서 감각이나 유행에 따라가지 못해 일이 줄어들다가 언젠가 어, 그 녀석 어떻게 됐어? 라는 말을 들으면 슬프잖아요. 그렇다고 무슨 자격이나 경험이 있는 것도 아니고요. 엄청난 돈벌이를 하고 싶은 것도 아니에요. 그런 건 프로 부자들에게 맡겨두면 돼요. 음식은 그 길을 걷는 프로가 얼마든지 있죠. 저는 뭔가의 넘버원이 되고 싶었기 때문에 물담배를 보고 이거다 싶었어요."

타르가 없어 담배처럼 심각한 건강 피해도 없다. 서양에서는 성인의 기호품으로 보편화되었는데, 일본에서는 마치 위험한 마약인 양 오해를 하는 사람이 있을 정도로 인지도가 낮다. 그래서 물담배라면 넘버원이 될 수 있겠다 싶었단다.

"천천히 연기를 즐기는 담배라서 시간이 느리게 가요. 실제로 피운 손님들은 긴장이 풀렸다, 마음이 편해졌다며 고마워해요. 편집일은 누구를 위해 애를 쓰고 있는지 알기 어렵지만, 물담배 덕에 처음으로 눈앞에 있는 사람이 나한테 고마워하는 경험을 하고는 큰 보람을 느꼈어요. 저, 일본을 물담배 선진국으로 만들고 싶어요."

막힘없이 꿈을 말하는 사람을 오랜만에 만났다.

자신의 가게에서 5년 동안 숙식한 건 경영에 정신없이 몰두했기 때문이다. 무언가의 넘버원이 되자고 결심했으면 다른 거 눈에 보이지 않을 만큼 무아지경이 되는 시간이 반드시 필요하다. 그렇게 해야만 보이기 시작하는 본질이 분명 있다.

예컨대 2호점을 낼 때 이런 사실을 깨달았다.

"보시다시피 저는 이런 성격이고, 드래그 퀸여장을 즐기는 퍼포먼스

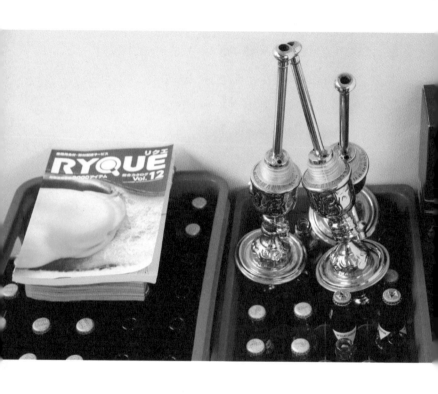

도 좋아해서 자주 참가했어요. 개성과 캐릭터가 강한 편이라 1호점 때는 제가 전면에 나섰죠. 그랬더니 그런대로 손님들도 즐거워했어요. 그런데 2호점을 열 때 물담배처럼 이런 개성적이고 임팩트 있는 상품이 있는데 내가 캐릭터를 드러내는 건 이제 그만해야겠다 싶었어요. 어디까지나 주역은 물담배니까요."

사람을 대하는 방식도 바뀌었다. 종업원이 늘어나면서 그들을 대하는 말투나 매너가 일일이 신경 쓰이는 시기가 있었는데, 최근에는 "이 사람들 덕분에 내가 먹고살 수 있다는 걸 깨달았어요. 그때부터는 제 가시도 별사탕 정도로 뭉툭해졌어요"라며 웃는다.

신규 업종인지라 비즈니스 노하우를 그대로 베껴 독립하는 경우도 없지는 않다. 그럴 때는 이렇게 생각하려고 한다.

"내가 사람을 사귀는 방식이 서툴렀구나."

여기저기 부딪혀 다른 사람에게 말하지 못할 상처도 분명 여럿 있었을 터다. 애초부터 회사생활이 싫어 취직하지 않았던 사람이다. 이상적인 리더나 상사가 어떤 건지 알지 못하는 그가 사람들을 아우르는 데 힘들지 않았을 리가 없다.

"맞습니다. 회사에 소속되어보지 못한 사람이 회사를 경영하고 있으니까요. 처음에는 정말 가시투성이였죠."

꾸밈없고 자유롭지만, 성공의 비결을 말할 만큼 아직 대단하지는 않다고 말하는 듯한 겸허함이 전해진다. 그러니 여기부터는 내 추측이다. 그가 별사탕 정도로 가시가 뭉툭해질 수 있었던 힌트 중 하나는 이 집의 부엌과 어머니의 가르침 덕분이 아닐까.

지더라도

제로까지

돌 깔린 오솔길. 장지문에 다실. 부엌에는 커다란 붙박이 찬장이 있고, 부엌문이 달려 있다. 혼자 살기에는 너무 넓지만, 종업원들이 퇴근길에 들러 술을 마실 수 있도록 이 집을 골랐다. 확실히 크고 운치가 있지만, 오래되어 여기저기 손댈 곳이 많아 보인다. 그의 경제력이라면 럭셔리한 맨션이나 모던하고 트렌디한 단독주택을 선택할 수도 있지 않았을까.

"저 혼자 고급스러운 곳에 산다는 것에 전혀 흥미가 없어요. 그런 건 조금도 재밌지 않아요. 전 요리가 고생스럽지 않고, 원래 다른 사람에게 대접하는 걸 좋아해요. 카레나 교자, 소 힘줄 찜 같은 걸 잔뜩 만들어 여럿이서 먹는 게 제일 맛있어요. 반짝반짝한 가구보다 오래된 도구가 좋고, 무슨 일이든 느슨하고 마음 편한 게 좋아요."

최근에도 소 힘줄 2킬로그램을 푹 삶아 대접한 참이다. 이런 리더, 분명 나쁘지 않다.

일이 성공했다는 소식을 전해 듣고 주식을 권해오는 사람도 있지만 그는 응하지 않는다.

"자기가 잘 이해할 수 없는 일에 돈을 투자하기보다, 고급 믹서나 요리도구처럼 '사용할 수 있는 것' '새롭게 가치를 만들어내는 것'에 돈을 쓰고 싶어요."

말하자면 인생을 향한 과감한 도전자. 장사에 대해서는 진지하고 견실하다. 그 밑바탕에는 어머니의 이런 가르침이 있다.

"지더라도 제로까지."

제로 이하가 될 정도로 실패하지는 마라, '이쯤은 괜찮다'고 얕보지 마라, 분수를 알라는 뜻이다. 본가는 유복했지만 그가 학생일 때 아버지가 사업에 실패해 어머니의 마음고생이 컸다. 그래서 그 말이 가슴 깊이 각인되었다. 예를 들면 세 들어 있는 상가가 여러 개지만, 빚은 보증금까지를 최고치로 설정했다. 분에 넘치는 빚은 지지 않는다.

그런 가르침을 주신 어머니는 사실 장사는커녕 일을 해본 적도 없다.

"그런 까닭에 아들인 제가 봐도 순수한 사람이라 저도 어머니처럼 도덕적이고 신의가 두터운 사람이 되고 싶어요."

이 집으로 이사올 때 식기를 비롯해 많은 짐을 처분했다. 지나치게 갖지 않고, 지나치게 쌓아두지 않는다. 이익도 성공도 마찬가지다. 여럿이서 공유하면서 어깨의 힘을 빼고 홀가분하게 일본 제일을 꿈꾼다.

그는 내가 봐온 사람 중에서는 단연 새로운 타입의 경영자다. 돈을 버는 게 목표가 아니다. 그렇다면 무엇이 목표일까. 10년 뒤의 그를 만나 확인해보고 싶다.

다만 한 가지 아는 사실은 오늘도 그는 저 부엌에서 반바지 차림으로 종업원들을 위해 맛있는 요리를 만든다는 것. 새로 도착한 커다란 업소용 믹서로 중동의 가정식 요리인 후무스를 만들고 싶다며 눈을 반짝였다. 음, 역시 이런 리더, 나쁘지 않다.

조금씩
어머니가
되어가는
기록

회사 경영(여성) | 53세
가와사키시 | 단독주택 | 5DK+3LDK
큰아들(회사원·23세), 작은아들(21세),
딸(14세), 시어머니(78세)와 5인 가구

첫머리부터 사적인 이야기라 죄송하지만, 나는 21년 전 아들을 임신했단 걸 알았을 때 무조건적인 기쁨보다 편집일을 중단해야 한다는 당혹감이 훨씬 컸다. 프로덕션에서 근무한 지 4년 차에 접어들어 일이 한창 재미있을 때였다. 당시 주위에는 젖먹이를 키우며 일하는 동료가 딱 한 명 있었다. 연하 남편과의 사이에 두 명의 남자아이를 둔 프리랜스 편집자 겸 작가로 일하는 여성이었다.

언젠가 근심 어린 얼굴의 내게 그녀가 말했다.

"한창 열심히 일할 때 아이를 가져 곤혹스러운 기분이 드는 건 나도 이해할 수 있어. 좀더 자리를 잡은 후였으면 좋았을 걸 싶은 마음. 하지만 일을 계속하는 한 '아이를 낳는 건 지금이 절호의 타이밍이다!' 하는 시점은 오지 않아. 일은 재미있지, 언제나 우리는 뭔가에 쫓기고 있으니까."

다들 축복의 말을 해주는 가운데, 그녀는 내 마음에 뭉게뭉게 퍼져가던 회색빛 한가운데에 툭 하고 공을 던졌다. 독심술사로 보였다. 그래도 아직 안갯속에 있던 나는 중얼거렸다.

"회사도 그만둬야 할 테고, 프리랜서가 된다 해도 육아와 불규칙한 편집일을 병행할 수 있을지 불안해요……."

그러자 그녀는 어머니의 얼굴로 씩씩하게 말했다.

"아, 지금이다 같은 건 없어. 있다면 그게 지금이야. 그러니 아이를 가진 걸 받아들이고, 마음을 굳게 먹고, 감사해야지. 난 두 번의 임신 다 그렇게 생각했어."

내게는 일하는 어머니로서 선배인 그녀가 있었지만, 그녀 자신이 출산했을 무렵에는 주위에 전례도 별로 없지 않았을까. 출산 휴가도 육아 휴직도 없는 상황에서 아이를 낳고 미혼 시절과 다름없는 양의 일을 해온 그녀는 말하자면 개척자다.

"지금이 그때야."

그 한마디에 큰 힘을 얻어 나는 엄마가 되었다.

서론이 길어지고 말았는데 이제 그런 그녀의 이야기를 하려 한다.

이후 그녀는 여자아이를 낳아 세 아이의 어머니가 되었다. 그리고 막내가 돌이 되기 전에 남편이 다른 여성과 살기 시작해 별거. 3년 뒤 동료와 편집 프로덕션을 차리고, 7년 뒤 정식으로 이혼 도장을 찍었다.

올해 그녀의 큰아들은 사회인이 되었다. 내가 가끔 메일을 보내면 "설날부터 하루도 못 쉬었어" "영업하고, 편집하고, 글 쓰고, 돈 계산하고. 시간이 아무리 있어도 부족해"라고 한탄하는 바람에 지금껏 느긋하게 자택을 방문할 기회가 없었다.

요리는 물론이고 냉장고 안을 큰아들이 정리해주기도 한다는 지금이라면 이야기를 들을 수 있을까 싶었다. 결혼, 출산, 창업, 이혼, 아이 셋을 키우면서 전력질주했던 24년간. "늘 부모님과 연인에게 의지만 하고 결코 강한 사람은 아니었다"고 말하는 여성이 한 번의 이별을 경험하고, 자신의 두 발로 서서 생활을 꾸려나가게 되었다. 그녀는 어떤 부엌에서 분투해왔을까.

엄마의

자습 노트

"혼자 키운 게 아냐. 나 그렇게 대단하지 않아. 2세대 주택이라 위에 시어머니가 살고 계시니까. 시어머니가 많이 도와주셨지 나 혼자서는 도저히 무리였어."

작은아들이 태어났을 때 2세대 주택으로 리모델링한 남편의 본가로 들어왔다. 시부모에 시할머니까지 있는 큰 살림. 방은 다섯 개 있다. 그 집을 나간 건 남편이고, 그녀가 남았다. 시할머니, 시아버지가 잇달아 돌아가시고 지금은 호적상의 관계가 사라진 전남편의 어머니와 다섯 식구다.

남들이 보면 이상한 가족 구성일지 모르지만, 시어머니는 대쪽 같은 성격이라 한결같이 가족을 두고 나간 친아들보다 며느리의 편이었다. 그것이 얼마나 고마웠던지……. 시어머니 역시 시부모와 함께 살며 대가족 속에서 프리랜스 피아노 조율사로 출장을 반복하며 세 자녀를 길러냈다. 일을 하면서 가정을 꾸리는 고충을 알기에 그녀를 지지하는 입장을 망설임 없이 택한 것이다.

그녀도 처음에는 집을 나가는 방법을 생각했다. 하지만 임대 부동산 업계가 세 자녀를 둔 싱글맘에게 얼마나 가혹할지는 불 보듯 뻔하다.

"가뜩이나 아이가 셋이면 이웃집에서 시끄럽다고 항의할 테고, 방도 여러 개가 필요하지. 그렇다고 도저히 단독주택을 빌릴 만한 경제적 여유는 없었어. 그래서 당분간은 시어머니에게 의지하자, 돈이 모이면 자립하자고 생각했어."

담담하게 말하지만, 따지고 보면 이제 시어머니는 남이다. 어디까지 의지할 것인가 그 적정선을 정하기란 간단하지 않다. 그런데 그 부분을 실로 현명하게 조율하며 지내고 있다. 그 요령은 과기에 중얼서렸던 그녀의 이런 말에 숨어 있다.

"어린이집 엄마들을 보면서 느끼는 건데, 요즘 사람들은 다들 폐를 끼치는 데 서투르잖아. 엄청 서로를 배려해. 먼저 능숙하게 폐를 끼치면 상대도 다음에 곤란할 때 부탁하기 쉽고, 그렇게 서

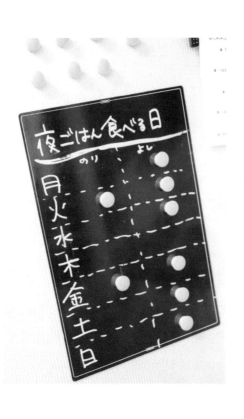

로 돕고 지내다보면 모두가 편해지는데."

그녀는 폐 끼치기 선수다. 일이 늦어지면 저녁 차리기는 시어머니에게 부탁한다. 다만 거기에는 스스로 정한 규칙이 있다. 밑준비까지는 해두는 것이다.

"메인 반찬을 위한 손질은 주말에 일주일 치를 해둬. 나머지는 튀기거나 익히기만 하면 되도록. 양배추롤이나 찜 요리는 냄비째로 냉장고에 넣어두고. 고기나 생선은 누룩이나 지게미에 재워두니까 굽기만 하면 돼. 그러고 나서 늦는 날에는 시어머니께 마지막에 익히는 것만 해달라고 부탁하지."

업어주면 안아달란다고 너무 많은 걸 바라면 진짜 부모 자식 간에도 갈등이 생길 것이다. 올 오어 낫씽all or nothing은 아니다. 할 수 있는 데까지는 하지만, 할 수 없는 부분은 확실히 의지하고 도움을 청한다.

이 방법이라면 시어머니도 장보기나 메뉴 짜기 같은 번거로운 일을 할 부담 없이 돕고 있다고 확실히 실감할 수 있다. 세 손주와의 즐거운 저녁식사 시간이 삶의 의욕도 된다. 물론 손주아의 관계도 친밀해져 오히려 고맙게 생각한다. 이렇게 남편의 본가에서 남편 없이 시어머니와 자식들과 지내왔다.

그런데 목요일 즈음에는 만들어둔 음식이 떨어져 퇴근길에 슈퍼에 들러 식재료를 산다. 피곤할 때는 다 조리된 반찬을 사기도 한다. 큰아들과 작은아들이 한창 먹을 때는 돼지고기를 살 때 삼겹살 400그램짜리 4팩, 덩어리 고기 600~700그램, 닭은 다리살 두 덩이, 안심, 다짐육을 한 번에 샀다. 이래야 며칠 갔다.

빠뜨릴 수 없는 것은 메뉴 노트다. 토요일 아침에 일주일 치 메뉴를 짠다.

"이게 없으면 계획을 못 짜. 고기나 생선으로 만든 메인과 채소 반찬 두 가지를 정하는 거야. 며칠씩 보관해야 하니까 아무래도 절이는 종류가 많지. 탄두리 치킨, 다랑어나 새치 간장 절임. 값싼 고기라도 재워두면 숙성되어 부드러워지니까. 소금 누룩, 레몬 소금, 된장, 유자 후추. 온갖 양념을 돌려가며 만들어."

주방 아줌마 같지, 하고 웃으면서 20년 치 메뉴 노트의 일부를 펼쳤다. 토마토소스 파스타, 햄 커틀릿, 마파두부. 일할 때 봐서 익숙한 그녀의 자그마한 글씨가 가지런히 쓰여 있다. 하지만 이건 엄마의 글씨다. 세상에 한 사람, 그녀 말고는 누구도 보지 않는 요리의 기록. 시어머니를 포함해 다섯 명의 위를 책임진 자습 노트.

낳으려면 지금이야. 지금이 그때야. 그때 내 등을 밀어주었던 사람은 이렇게 강인한 엄마였던가.

～すし
チャンプルー
枝豆、とうもろこし
8/7(日)

ギョーザ
冷奴 (ちりめん、いも みょうが)
なすとひき肉の ピリ辛炒め
8/8(月)

トマトソース パスタ
アンチョビ入りポテトサラダ
ピーマンの炒め煮。
8/9(火)

ハムカツ
いんげんとなすの 揚げびたし
キャベツとベーコンの レモンサラダ
8/10(水)

マーボー豆腐
とりとし椎茸の炒めもの
冷奴 (キュウリと千ねぎ)
8/11(木)

움츠러들고

쩔쩔매면서

큰아들은 메이지대학, 작은아들은 와세다대학에 들어갔다. 아무리 일을 해도 예금이 점점 줄어들었다. 손이 많이 가는 어린 시절보다 성장한 10대 때 오히려 망설임과 불안이 컸다고 회상한다.

"학원은 언제부터 보낼까. 한 해 재수를 시킬 것인가 말 것인가. 공립이냐 사립이냐. 하나하나 망설여. 교육을 어떻게 생각하느냐는 인생과 관련된 커다란 문제니까. 그렇지만 선생님과 면담을 하고 와도 의논할 상대가 없어. 전부 혼자서 결정해야 해. 그때 처음 깨달았어. 나는 원래 강한 성격도 아니고, 나 혼자서 무언가를 결정한 적도 거의 없었다는 걸."

작은아들의 공립 고등학교 합격 발표가 있던 날, 연락이 없기에 떨어졌다고 생각하고는 웃자, 웃자, 버스 창문으로 웃는 연습을 하면서 집으로 돌아왔다. 붙었다는 걸 알았을 때는 맥이 빠져 풀썩 주저앉고 말았다.

반은 남자가 됐어, 하고 자조한다. 어머니이면서 때로는 아버지여야 했으니까. 바쁜 편집자의 옆얼굴밖에 몰랐던 나는 "대단해, 정말 대단해요"라는 질리도록 흔해 빠진 말밖에 하지 못했다.

그녀는 고개를 가로젓는다.

"좋아, 오늘부터 이 세 아이를 야무지게 길러내는 거야, 하고 한순간에 뒤바뀌는 문제가 아냐. 혼자라는 생각에 움츠러들고 쩔쩔매면서 거의 울상이 되어 더듬거리며 엄마 노릇을 했을 뿐이지. 그러다 문득 정신을 차리고 보니 억센 아줌마가 되어 있었을 뿐이고."

아직 중학교 농구부에 소속된 딸이 있다. 오늘도 냉장고에는 재운 고기며 튀김옷을 입힌 생선이 그득그득하다. 시어머니는 건강한데, "위의 두 손주가 사회인이 되어 독립하면 이제 이런 큰 집이 없어도 그럭저럭 괜찮겠지. 그러면 팔아서 노후 자금으로 충당할까 봐"라고 농담처럼 말한다. 하지만 그녀는 "사실은 언제까지나 모두 함께 시끌시끌 이 집에서 쭉 살고 싶어 하시는 걸 뼈저리게 잘 알아"라고 말한다. 지금 시어머니는 매일 손녀딸과 먹는 저녁밥을 낙으로 삼고 있다.

그런데 그리 서툴렀던 엄마가 요리에는 왜 그렇게 열정을 쏟았을까.

"남편이 집을 나가고 머릿속이 새하애져서 멍해 있을 때, 몇몇 아는 남자들이 말하기를 '엄마는 맛있는 음식만 만들어놓으

면 자식들이 고마워하니까 괜찮아'라더라. 아아, 밥이구나, 남자에게 엄마란 그런 존재구나. 그래서 죽기 살기로 요리를 한 걸지도 몰라."

남편이 집을 나간 직후에는 뭐가 문제였을까 생각하고 또 생각했다. 아무리 생각해도 이거다 싶은 결정적인 문제가 없어서 오히려 당황스러웠다. 나한테 잘못이 있다면 이해도 갈 텐데. 여자로서의 자신감도 잃고 왜 나만 이런 고생을 떠맡아야 하나 싶은 분노와 아이들에 대한 미안한 마음이 뒤섞였다. 무책임하게 내뱉은 "그런 남자는 실수를 반복하는 법이야"라는 지인의 말이 거무튀튀한 콜타르처럼 마음에 찰싹 들러붙었다.

남편이 집에 돌아왔으면 하는 마음이 처음부터 없었는지 어땠는지는 이미 기억조차 없다. 별의별 감정이 뒤엉켰던 것만은 확실하다. 때로는 목 놓아 울고도 싶었을 것이고, 기대고 싶은 등, 빌리고 싶은 가슴도 분명 있었을 것이다. 남편에 대한 감정은 복잡하지만, 아이들이 스스로를 형편없는 사람의 자식이라고 생각하지 않았으면 좋겠다는 일념으로 지금까지 남편의 험담은 되도록 하지 않으려 노력했나. 원래 강하지는 않았다고 말했으니 후천적으로 강인해졌다. 그렇다면 그 확고한 강인함은 분명 부엌에서 길러진 것이리라.

"노력하는 엄마의 모습을 보여주면 충분하다고들 말하지만, 그런 필사적인 엄마는 되고 싶지도 않고, 그런 모습을 보여주고 싶지도 않아. 좀더 편안하고 평범한 엄마이고 싶었어. 노력하는 엄마가 아니라 맛있는 음식을 만드는 엄마, 그거라면 나도 할 수 있겠다 싶더라."

아들 둘이 다 크고 나면 딸과 작은 방을 빌려 살고 싶단다. 이사 가는 곳에는 그 메뉴 노트도 데려가기를.

스물여덟 살
남자가
마흔한 살
여자에게
만들어주는
돼지고기
장조림

배우, 파트타이머(남성) | 28세
신주쿠구 | 단독주택
1LDK+약혼자의 부모님과 2세대 주택
약혼자(가수, 보컬 트레이너 · 41세)와 2인 가구

우리 사랑은

범죄?!

"좋아져버린 것 같아요."

한 시간의 보컬 레슨을 마치고 지도 트레이너인 그녀와 함께 교실을 나왔을 때 그가 말했다. 고백이라기보다 엉겁결에 입 밖으로 튀어나왔다는 편이 정확할 것이다.

그녀는 임시로 수업을 맡은 수강생의 느닷없는 발언에 당황해 애매하게 웃으며 얼버무렸다. 하지만 당시의 마음을 그녀는 이렇게 회상한다.

"딱 한 시간 우연히 대타로 수업을 맡은 것뿐이었어요. 마침 하모니 연습이었는데 어쩐지 아주 파장이 잘 맞아 기분이 좋았어요. 지금까지 직장에서 누군가를 좋아한 적이 없었는데, 그때 내심 '나도 좋아'라고 생각했어요."

그는 배우 지망생에 스물일곱 살. 그녀는 영국의 음악대학을 졸업하고 보컬 트레이너와 가수로 바쁘게 활동하는 마흔 살. 그때부터 메일을 주고받기 시작해 3개월 뒤 가마쿠라에서 첫 데이트를 했다.

돌아오는 길, 에노시마전철에서 내려 후지사와역에서 오다큐선으로 갈아탔다. 그때 갑자기 그가 말했다.

"달리 만나는 사람 있어요?"

"아니요, 없어요."

"그럼 나랑 만나지 않을래요?"

그녀는 그날 저녁에 맡은 수업이 있어 직장으로 돌아가 조심스레 그의 프로필 파일을 펼쳤다.

"나이를 보고 깜짝 놀랐어요. 이건 범죄야, 싶을 정도로 어렸으니까요. 생각이 깊고 차분해서 좀더 위인줄 알았거든요. 그렇다면 확실하게 내 나이를 그에게 알려줘야겠다고 생각했어요. 그래서 받아들이지 못한다면 이 사랑은 포기하자. 이렇게 근사한 사람과 만난 것만으로도 선물 같은 일이다. 나는 그걸로 충분히 행복하다고 여겼어요."

단 한 번의 데이트로 그녀는 사랑에 빠졌다.

한편 그는 동안인 그녀를 30대 정도로 봤다고 한다. 서로의 행복한 착각이 운명을 바꿨다.

세번째 데이트 때 고엔지에 있는 그의 아파트에 초대받았다. 자신 있는 요리를 대접하고 싶다는 것이었다. 책과 옷, 잡화가 뒤섞인 남자아이의 비밀기지 같은 공간에서 범상치 않은 센스가 느껴졌다. 작은 부엌에서 만든 밥과 된장국, 생선구이, 호박조림이 테이블에 주르르 놓였다. 전날 밤부터 찐 호박에 달큰하고 짭짤한 맛이 배어 있었다. 요리를 잘하는 남자와 사겨본 적이 없던 그녀는 눈을 동그랗게 뜨고서 주춤거리며 물었다.

"이거 우리가 사귄다는 뜻 맞죠?"

"맞아요."

"그렇다면 꼭 말해야 할 게 있어요. 나, 마흔 살이에요."

자기도 모르게 눈물이 왈칵 쏟아졌다.

그는 놀랐지만 이렇게 말했다.

"나이를 알았다고 해서 싫어지진 않아요."

그녀가 더 크게 엉엉 운 건 말할 것도 없다.

내가 봐도 매력적이고 도무지 40대로는 보이지 않는다. 천진난만하고 소녀 같은 모습마저 있지만, 영국에서 귀국한 뒤로는 음악으로 생계를 꾸리고 싶다는 마음뿐이라 연애를 할 여유도 없었다고 한다.

"저는 할아버지 돈으로 유학을 했어요. 함께 공연하고 싶은 사람도 있어요. 만들고 싶은 작품도 있고요. 9.11 테러로 음악을 하는 의미를 잃을 뻔한 적도 있지만, 무슨 일이 있어도 이루고 싶은 꿈이 있고 음악으로 생활도 하고 싶어요. 그렇게 하는 게 할아버지의 은혜에 보답하는 유일한 길이라고 생각해요. 그래서 매일이 필사적이었죠. 전 평생 결혼은 하지 않을 거라 생각했어요."

설마 그런 자신이 20대 수강생과 사랑에 빠질 줄이야. 모르긴 몰라도 그는 음악과 결혼이라도 한 듯 열정적인 그녀이기에 반했을 것이다.

그녀의 집에서 발견한
가족의 모습

한편 그는 스무 살 때 부모님이 이혼을 했다. 어머니나 여동생과는 사이가 좋지만, 아버지와는 최근 10년 동안 두 번밖에 만나지 않았다.

"저는 결혼의 성공 사례를 보지 못해서 결혼은 하지 않아도 괜찮다고 생각했어요. 그런데 그녀의 부모님께 인사를 드리고 나니까 우왕좌왕하는 사이에 결혼 이야기가 진행됐어요. 아니나 다를까 조금 망설여지더라고요. 아직 결혼에 대한 현실감이 없었거든요."

지방 국립대학을 졸업한 뒤 배우를 목표로 도쿄로 상경. 고엔지의 아파트에서 자취생활을 하면서 배우 수련을 이어갔다. 성실하고 밝다. 요리를 잘하고 붙임성 좋은 그를 그녀의 부모님은 한눈에 마음에 들어했다고 한다.

그는 생각했다. 앞으로 또래 중에서 그녀만큼 멋진 여성을 만난다는 보장이 있을까? 대답은 'No'다. '나이 같은 건 상관없어.' 새삼 굳게 다짐했다. 그의 마음을 더욱 움직인 건 그녀 부모님의 모습이다.

"저도 장인어른도 요리를 좋아해서 자주 함께 슈퍼에 가요. 어머님께 이걸 사드릴까요, 물어보면 '장모는 그것보다 이게 좋아'라고 말해요. 아니면 집에서 다 같이 술을 마실 때 어쩐지 페이스가 정해져 있어서 첫 잔이 맥주, 그다음 하이볼로 넘어가요. 제가 틀리게 술을 권하면 '장모는 이제 됐어'라고 장인어른이 말씀하세요. 장인어른이 장모님에 관해서는 뭐든 알고 무척이나 소중히 여기는 게 훤히 보여요. 좋은 부부다 싶어요."

장인이 자네를 보고 이렇게 말하더라며 장모님이 이야기를 하기도 한다. 부부 사이에 비밀이 없다는 걸 알았다.

"저희 집은 어렸을 때부터 부모님끼리 비밀이 있고 어린 마음에도 그걸 알았어요. 부부싸움을 하면 어느 편을 들어야 할지 곤란했어요. 소통이 잘되는 부부구나, 이게 가족이라는 거구나, 하고 지금 처음으로 배우고 있어요."

그런 부모님 밑에서 사랑받고 자란 외동딸인 그녀에게 그가 끌린 건 자연스런 흐름이었다고 할 수 있다.

그는 학생 때부터 돼지고기 장조림을 잘 만들어서 친구에게도 만들어주곤 했다. 지금은 위층에 사는 그녀의 부모님을 위해 곧잘 만든다. 물론 그녀도 아주 좋아한다. 마침 전날 저녁에 만들었다기에 보여달라고 부탁하자 그녀의 아버지가 깨끗이 먹어 치워 무와 달걀이 아주 조금밖에 남아 있지 않았다. 처음에 통삼겹살을 눌은 자국이 생기도록 노릇노릇 구워두는 게 요령이다. 그러면 맛이 잘 배어든다. 아침에는 꼭 밥에 날달걀을 올려 먹는다. 그가 아주 좋아하는데 어느새 그 습관이 그녀에게도 옮았다. 간장은 물론이고, 반드시 아지노모토일본 식품회사 아지노모토에서 나온 조미료와 소금 약간을 더한다. "여기에 샐러드유를 추가하면 감칠맛이 나서 또 특별한 맛이에요"라고 그 사람 나름의 먹는 방법을 즐겁게 이야기하는 그녀를 보자 미소가 지어졌다. 달걀은 같이 사는 장인이 마련해준다. '기리시마 산기슭에서 자란 달걀'이라는 브랜드인데 노른자의 풍미가 강하고 맛이 진하다.

"달걀은 매일 먹는 음식이니까 이왕이면 좋은 걸 먹어"라며 딸 부부의 몫까지 넉넉히 사는 것이라고 한다.

그녀는 보컬 레슨 등 저녁때부터 하는 일이 많아 요리는 세끼 다 그가 담당한다. 청소와 빨래도 도맡아 한다.

올가을, 두 사람은 결혼한다. 배우일을 계속할지는 서른 살을 기준점으로 삼고 있다. 현재 음악일로 바쁜 그녀의 비즈니스를 돕겠다는 꿈도 갖고 있다고 한다.

나이나 지위, 직업이나 자란 환경으로 남녀는 행복해지는 것이 아니다. 신혼부부란 다들 위태롭고, 어설프고, 그렇지만 사랑만은 가득해서 어찌어찌 시간을 들여 부부라는 형태를 갖추어간다. 그런 점에서 그들에게는 훌륭한 부부의 표본이 곁에 있다. 그래서 든든하다.

듣고 싶은 이야기는 충분히 들었으니 오랜만에 취재를 일찍 끝마쳤다. 이런 걸 두고 '염장을 지르다'라고 표현하는 걸까.

터키,
단란함의
실마리

회사원(여성) | 38세
스기나미구 | 임대 맨션 | 3LDK
남편(회사원·39세), 큰아들(6세),
작은아들(4세)과 4인 가구

질냄비로 지은 밤밥, 된장이 비법인 손수 빚은 교자, 소고기 두부조림, 고구마, 배추, 양파, 버섯을 넣은 된장국, 검은콩의 풋콩, 오이 쌀겨 절임, 방울토마토. 식후에는 반드르르한 보늬밤조림이 나왔다. 나는 주말 점심은 국수 종류 한 접시로 해결하는 게 보통인데, 상다리가 휘어지게 요리가 차려진 식탁을 보고 솔직히 생각했다. 촬영용인가?

그녀는 웃으며 말한다.

"주말 점심이나 저녁은 항상 이래요. 제가 일하는 부서가 바빠서 평일 귀가는 늘 막차 직전이에요. 남편이 아이들 저녁밥부터 재우기까지 담당해요. 그런 만큼 휴일에는 제가 의욕적이랄까, 이 정도 가짓수는 만들고 싶어요. 아이들은 파티 같다고 말하지만 반찬이 주르르 놓인 식탁을 보면 저 자신도 충족되는 기분이 들거든요."

맞벌이에 어린이집에 다니는 남자아이가 둘. 육아는 남편과 교대제로 한다. 평일은 남편이 어린이집 마중 시간에 맞춰 퇴근하고, 아이들을 재우고 난 뒤 가지고 온 일거리를 식탁에 펼칠 때도 있다. 그 대신 토요일에 출근해 마치는 시간을 신경 쓰지 않고 일에 집중한다. 그녀는 아침밥과 빨래며 청소 같은 집 정리와 토요일의 집안일과 육아를 책임진다. 일요일은 가족끼리 단란한 시간을 보낸다. 규칙을 만들었다기보다 자연스럽게 이런

스타일로 귀결되었다고 한다.

"그래서 저는 평일 밤중에 가족이 모두 잠들고 나면 빨래를 널거나 방 정리를 하기도 해요. 수면 시간이요? 음, 짧지만 생각보다 버틸 만해요."

체력에는 자신 있지만, 그래도 극도로 지쳤을 때는 널려 있는 빨래나 어질러진 방을 보고 깊은 한숨이 나올 때도 있다. 요전에도 그랬다.

밤 11시에 돌아와 거실에서 가지고 온 일을 하고 있는 남편 옆을 분주하게 오가며 산처럼 쌓인 빨래를 땀범벅이 되도록 정리하고 있었다. 그러자 남편이 태평한 어조로 이렇게 말했다.

"어깨 주물러줘."

황당했다. 하지만 여기서 일을 크게 만들 기력도 없다. 그렇지 않아도 피곤이 극에 달한 상태였다.

"네, 네. 이제 됐지?"

의자 뒤에 서서 딱 5초 주무른 뒤 집안일로 돌아갔다. 그러자 남편이 또 말했다.

"머리도 주물러줘."

그래서 어떻게 했어요? 라고 나는 몸을 내밀며 물었다. 대학 동기 커플이라 아무리 속마음을 잘 안다 해도 그건 좀 심했다 싶어서다.

"있잖아, 내가 집안일하는 거 보이지? 라고는 말했어요. 근데 기가 막힌 걸 넘어서서 웃기더라고요. 이 타이밍에 그런 말을 하다니 진짜 재밌는 사람이다 싶었어요."

언성을 높여 싸운 적이 한 번도 없다고 한다. 두 사람 다 냉정한 성격이라는 이유도 있다. 하지만 그 이상으로 마음 깊은 곳에 감사가 굳건히 깔려 있는 게 아닐까. 평일에 아이들에 관한 모든 일을 맡아주는 남편에게. 아침 10시에 출근해서 날짜가 바뀌는 시각에 퇴근해 돌아올 때까지 집에 관한 일은 싹 잊고 일에만 몰두할 수 있는 환경을 보장해주는 남편에게.

처음에는 밤늦게까지 맡아주는 민간 어린이집도 생각했지만, 남편이 "시간을 늘리지는 말자. 내가 마중을 나갈 테니까"라고 말했다. 그 말대로 남편은 평일 육아를 자기 나름으로 즐기고 있다. 빨래 걷는 걸 잊었다고 해서 그게 얼마나 큰 잘못이라고 말하겠는가. 그녀는 말한다.

"저희 집은 할 수 있는 쪽이 할 수 있을 때 해요. 육아는 시간보다 질이라고 생각해요."

밤새워

아무리 그래도. 가을이 오면 밤새워 밤 껍질을 까고, 봄에는 산나물 튀김을 만들고, 장마 때는 매실주스와 살구잼을 만든다. 그런 의욕은 어디에서 샘솟는 걸까.

"먹는 걸 아주 좋아하고, 제철 음식을 놓치고 싶지 않다는 마음이 강해요. 계절은 기다려주지 않으니까요. 지금 먹지 않으면 경험할 수 없는 맛이 있어요. 남편의 본가가 단바丹波라서 매년 커다란 밤이며 검은콩의 풋콩을 보내주시는데, 성의를 무시하고 싶지도 않고, 그게 눈앞에 있으면 '좋아, 해보자' 하고 밤중에도 의욕이 생겨요. 설탕에 조리거나 소금물에 데쳐 냉동해두면 계절의 맛을 오래 즐길 수 있죠."

그런 이유만으로 격무에 시달리는 사람이 그렇게 힘을 낼 수 있을까. 일 때문에 팽팽해진 긴장을 푸는 데 저장식품 만들기나 집안일은 안성맞춤이라고도 그녀는 말하지만……,

갓 지어 포슬포슬한 밤밥을 대접받으며 나는 한 일화가 떠올랐다. 언젠가 베이킹이 취미인 아이 친구 엄마가 몽블랑을 만들어 왔을 때 이렇게 한탄했다. 밤의 속껍질은 너무 까기 힘들어,

먼저 겉껍질에 칼집을 내서 깐 다음에 이번에는 몇 번이나 데쳐서 물을 따르고 따르고 하며 속껍질의 심을 벗기는 거야. 두 번다시 몽블랑만은 만들고 싶지 않다니까.

그렇게 삶은 밤을 이 집 아이들은 정말 맛있게 입안 가득 넣고 먹는다. 영양 좋고 맛 좋은 제철 집밥에 익숙한 게 느껴진다. 이제 와서 하는 말이지만, 이 식탁은 촬영용이 아니다.

"남편이 결혼 전에 의류 업계에 있었는데 격무로 몸이 망가졌대요. 그 말을 듣고 음식의 소중함을 뼈저리게 느꼈어요. 그걸 계기로 이직했는데, 지금도 채소가 부족하면 남편은 몸 상태가 나빠져요. 그래서 아무리 바빠도 식사는 제대로 챙겨 먹자는 마음이 서로에게 있는지도 모르겠어요."

지금은 그녀가 격무에 시달린다. 한때 그런 업무 방식으로 일하며 육아를 해본 적이 있는 나는 더더욱 이해가 가지 않았다. 웬만큼 강한 무언가가 있지 않는 한 밤밥 따위 짓지 못한다.

"비르 카시크 다하"

(Bir kaşık daha)

연일 막차로 귀가하는 생활이 계속되고 있다는 그녀에게 추가 취재를 부탁해야 할지 말지 고민하다 지쳤을 무렵, 메일이 도착했다.

그때부터 곰곰이 생각해보니 떠오른 게 있다고 한다. 메일에는 다음과 같은 내용이 쓰여 있었다.

"저희 집은 제가 중2 때 부모님이 별거를 시작한 이후로 어머니가 파트타임으로 일하느라 바빠서 가족끼리 단란한 시간을 보낸 기억이 별로 없어요. 바쁜 와중에도 어머니는 철마다 음식 장만을 살뜰히 하는 분이었죠. 하지만 그 이상으로 스무 살 때 유학한 터키에서 받은 영향이 제게는 커요."

그때부터 주고받은 그녀와의 메일에 내가 알고 싶은 핵심이 있었다.

대학 3학년 때 그녀는 터키로 유학을 갔다. 하숙했던 곳은 남편을 먼저 떠나보낸 노부인이 홀로 사는 3LDK 아파트. 가장 넓은 5평짜리 방에 세 들어 살았다. 일반 가정이라 욕실과 화장실은 공용, 노부인은 세끼 식사 준비부터 세탁까지 해주었다.

"할머니가 만드는 일상의 평범한 요리가 정말 하나하나 다 맛있었어요. 토마토 베이스의 채소와 닭고기 찜, 렌즈콩과 병아리콩을 넣고 끓인 수프, 고기와 쌀을 포도 잎으로 감싸서 찐 돌마, 뵈레크börek이라고 불리는 속이 꽉 찬 파이. 주말마다 전차로 세

시간 떨어진 곳에서 독립해 사는 대학 강사 아들이 밥을 먹으러 와서 집이 늘 떠들썩했어요. 터키에서는 자식들이 모두 자기 어머니의 음식 맛을 자랑스럽게 생각해서 제가 만난 몇 명의 여성들은 다들 요리에 쏟는 정열이 보통이 아니었죠. 어머니들 역시 자기 요리가 최고라는 자부심이 있는 것 같았어요."

매일 다이닝 테이블에서 버라이어티쇼나 드라마를 보며 느긋하게 식사를 즐긴다.

다이닝룸에서 떨어진 곳에 있는 부엌은 의외로 자그마해서 조리도구도 작업 공간도 싱크대도 일본의 평균적인 가족 기준 맨션과 거의 비슷한 분위기였다.

그런 부엌에서 노부인은 계절이 바뀔 때마다 제철 과일로 냄비 가득 잼을 만들었다. 특히 비슈네 visne라는 터키 체리로 만드는 잼이 "최고로 맛있었다!"고 한다. 아침식사는 터키 빵과 함께 반드시 수제 잼이 몇 종류씩 식탁에 오른다.

열심히 과일을 졸이는 그 모습을 보고 그녀는 진지하게 생각했다. 잼 만들기는 계절을 담아 넣는 듯해서 좋다고.

터키는 유복한 나라는 아니지만 농업이 주요 산업이라 자급률이 높고 식탁은 풍성하다. 게다가 그녀가 말하기를 "그 나라는 완전히 가족 지상주의, 단란한 가족의 나라예요"란다.

늘 반찬을 넘치도록 만든다. 저장을 좋아한다. "배 불러" 하며 식사를 마치고 커틀러리를 내려놓으면 노부인은 싱긋 웃으며 "비르 카시크 다하"라고 말하고 국자로 반찬을 듬뿍 떠서 더 담아준다. 비르는 '하나의', 카시크는 '숟가락', 다하는 '더'. '한 그릇 더 먹어'를 뜻하는 터키의 상투어다. 노부인과 둘러앉았던 식탁을 떠올리며 그녀는 이렇게 짐작한다.

"터키 엄마들은 가족을 배불리 먹이는 일이 어머니의 중요한 임무라고 생각하는 게 아닐까요. 가족을 기쁘게 하려고 아이디어를 짜내서 손이 많이 가는 요리를 만들어요. '비르 카시크 다하'는 단란함을 떠올릴 때마다 생각나는 말이에요."

터키의 식탁에서 얻은 가장 큰 가르침은 품과 시간을 들인 따뜻한 요리가 있으면 가족이 행복을 느낀다는 단순한 사실이다.

"그러니 모두 그곳으로 모이죠. 어머니의 집밥이 있으니 가족이 돌아와요. 제 친정 식구들은 다들 솔직한 편이 아니라서 감정 기복을 최대한 서로에게 내보이지 않으려고 노력하며 지냈어요. 하지만 터키인들에게 둘러싸여 있다보니 저도 좀더 솔직하게 가족이나 친척에게 애정과 감사를 표현해야겠다는 마음과 함께 친정 생각을 많이 하게 됐어요."

중2 때 아버지가 집을 나간 뒤로 전업주부였던 어머니는 백화점에서 일하기 시작했다. 그녀 역시 사립 중학교에 계속 다니기 위해 음식점에서 아르바이트를 했다. 집에서는 어머니, 다섯 살

아래의 남동생, 누구도 아버지 이야기를 꺼내지 않았다. 당시의 심정을 그녀는 이렇게 형용한다.

"다들 살기 위해 바짝 긴장하고 있었어요……."

아버지에게도 어머니에게도 그리고 자신에게도 솔직하지 못했다. 아버지의 존재가 가족 안에서 금기시되면서 어느새 감정 기복을 최대한 내보이지 않으려는 버릇이 생겼다. 마음을 털어놓기보다, 억누르는 방향으로 기울었다. 그것은 분명 단란함과는 거리가 먼 생활이다.

그녀가 말하기를 터키인은 "짜증스러울 정도로" 가족을 중시하고 애정을 직접적으로 표현한다. 그 대신 분노나 불만도 숨김없이 폭발시킨다. 앞서 "나도 좀더 솔직하게 애정과 감사를 표현할 걸"이라고 말했지만, 내 생각은 조금 다르다. 무엇이 다르냐고? 힘들어, 지쳤어, 외로워, 더 챙겨줘, 더 사랑해줘! 열네 살 무렵, 강인하고 총명하고 책임감 강한 그녀는 말하지 못했던 수많은 말을 마음속에 담아둔 채 자물쇠를 채웠다. 사실은 자물쇠를 채우는 게 아니었다. 괴로움이나 불만이야말로 토해냈어야만 한다. 터키인들처럼, 희로애락의 '노'와 '애'를 몽땅 꺼내 보여야 비로소 함께 발견하는 '희'와 '낙'과 친애의 정이 있다. 어머니와 남동생도 힘들 거라는 생각에 차마 그러지 못했던 그녀의 오랜 시간을 생각하며 나는 속수무책으로 가슴이 메었다.

"아버지가 있는 가정의 감각을 전혀 상상할 수 없었어요"라고 말하는 그녀의 뇌리에는 지금도 선명하게 터키의 식탁에 둘러앉은 따뜻한 가족의 광경이 새겨져 있다. 부모와 자식, 형제, 친척이 만나고 헤어질 때마다 뺨을 맞대며 껴안는 모습이나, 터무니없는 품과 시간을 들여 콩과 말린 과일을 끓여 만드는 아슈레 aşure라는 전통 디저트의 다정하고 감미로운 맛의 기억과 함께.

터키에서는 갈아입을 옷가지가 들어가지 않을 만큼 여행가방 한가득 식재료와 조리기구를 밀어 넣고 자녀가 유학간 곳이나 일하러 간 곳으로 가져가는 어머니들의 모습을 여기저기에서 목격했다.

"현지에서 사면 될 텐데 싶지만 '내가 만든 요리를 먹여야 해!' 라며 가족을 생각하는 필사적인 마음이 고스란히 전해지더라고요. 현지 친구가 터키인 엄마들은 다들 그렇다고 가르쳐줬어요. 그것도 잊지 못할 강렬한 추억이에요."

메일은 이런 말로 끝났다.

"우리 부부는 주말만이라도 가족끼리 식탁에 둘러앉아 맛있는 밥을 먹기 때문에 어떻게든 부부, 또 가족으로 유지되는지도 몰라요. 그것 말고는 거의 업무 연락뿐이니까요. 반대로 말하면 저희 부모님의 관계가 실패한 건 가족끼리의 단란한 시간이 없었기 때문일지도 모르겠네요……. 가족을 소중히 여기고, 정신적으로 안정된 남편 같은 타입과 결혼해서 저는 진짜 다행이라고 생각해요. 물론 자잘한 불만은 날마다 있지만요. (웃음)"

상다리가 휘어지게 차려지는 주말의 식사도, 밤새워 까는 밤껍질도, 살구잼도, 원점은 터키의 엄마들이다.

품과 시간을 들인 따뜻한 요리를 주말밖에 만들어주지 못하지만 남편도 아이들도 분명 넘치지도 모자라지도 않는 행복으로 충족되어 있으리라.

나까지 충족되는 "시간보다 질이에요"라는 그녀의 말이 떠올랐다. 그러니 괜찮은 것이다. 이대로도.

50년 된
문화주택이
가르쳐준
생활의 소리

회사원(여성) | 33세
나카노구 | 임대 문화주택 | 2DK
남편(회사원 · 36세), 딸(1세)과 3인 가구

대학 밴드 동아리 선배와 결혼. 남편은 식물을 기르는 게 취미라 새집의 조건은 마당이 필수였다. 그러다 찾은 것이 문화주택1920년대 무렵부터 지은 서양식 집이다. 지금은 없어진 아사가야阿佐ヶ谷주택과 마찬가지로 건축가 마에카와 구니오前川國男가 설계한 집으로, 현존하는 마에카와의 테라스하우스연립식 저층 주택 건축으로 도쿄에 남은 곳은 여기뿐이라는 귀중한 곳이다.

예전에 아사가야주택에 몇 번 방문한 적이 있는 나는 한시라도 빨리 취재하러 가야겠다고 별렀다. 벌써 지은 지 50년이 넘었다. 언제 퇴거한다 해도 이상하지 않다. 아니나 다를까 그녀는 근심 어린 얼굴이었다.

"제2차세계대전 후에 생긴 도로 계획으로 여기도 결국에는 없어진대요. 이곳에서 10년을 산 양옆의 이웃들도 이사를 가서 빈집 상태예요. 낮이고 밤이고 쥐 죽은 듯이 조용해서 적적해요."

부지에는 귤나무를 비롯하여 주민들이 대대로 심어온 갖가지 초목이 푸릇푸릇하게 우거졌다. 마당 딸린 복층 형태의 동이 7개. 전부 스무 세대가 있고, 한쪽에 민간 어린이집이 들어와 있다. 당초에는 기업이 사들여 사택으로 이용하기도 했지만, 지금은 개인 주택으로 구입한 사람이 그대로 살거나 임대로 나와 있는 경우가 많다. 미국 교외의 주택을 떠올리게 하는 세련된 건물에는 그 옛날 저명한 작가며 카메라맨, 배우도 살았었다.

이웃에게 배우는

부부 사이 정비법

지금 그녀는 커다란 상실감에 빠졌다고 한다. 첫 출산, 육아, 사회 복귀를 도와주었던 이웃이 지난달에 막 이사를 간 참이라 '이웃 상실' 상태라며 어깨가 처져 있었다.

"40대 부부인데 저희가 이사온 지 얼마 지나지 않아 말을 걸어줬어요. 부인은 오케스트라에 소속된 음악가인데 일을 하면서 세 아이를 기른, 말하자면 대선배 엄마죠. 젖먹이 딸이 먹지 않는다, 자지 않는다고 고민하면 상담을 해주고, 제가 피로와 두통으로 바닥에 뻗어 있으면 봐줄게, 하면서 아이를 맡아주었어요. 세 아이들도 저희 집 아이를 여동생처럼 귀여워해줬고요. 소중한 걸 많이도 배우고, 많이도 받고, 얼마나 의지가 되었는지."

친해진 계기는 남편이 마당에서 담배를 피우고 있었을 때의 일이다. 이웃집 남편도 담배를 피우다가 "오호, 오늘 쉬는 날이야?"라며 말을 걸어왔다.

"네."

"그럼 한잔 할래?"

툇마루에 걸터앉아 맥주를 마셨다. 머지않아 "우리 집에서 식사할래?" 하고 서서히 교제가 시작되어, 일주일에 세 번은 서로의 집을 오가는 관계가 되어 있었다. 아이를 재웠겠다 싶을 때를 봐서 이웃집 부인이 와인과 찻잔을 들고 나타나는 일도 여러 번이었다.

"산기가 보였을 때 병원에 데려다준 것도 이웃이고, 일과 육아의 병행이 익숙치 않아 녹초가 된 절묘한 타이밍에 '오늘 밥먹으러 오지 않을래?' 하고 말을 걸어줘요. 이웃이 없었다면 우리의 육아는 전혀 다른 모습이었을 거예요."

밀실 육아의 숨 막힘은 잘 안다. 사소한 성장 지연이나 몸 상태의 변화에 신경이 곤두서 끙끙대는 사이 불안은 눈덩이처럼 커지기도 한다. 이야기를 들어주고 "괜찮아"라고 등을 밀어주는 존재가 있고 없고는 천지 차이다.

그녀는 신경질적으로 이유식의 경도나 크기까지 매뉴얼대로 만들었는데, 딸아이를 이웃집에 잠시 맡겼을 때 그곳에서 아이가 제법 큰 채소도 우물우물 먹고 있는 모습을 보고는 '아, 저래도 되는구나' 싶어 어깨를 짓누르던 힘이 쑥 빠졌다.

이웃집 남편이 했던 말도 잊지 못한다. "부모가 가르치는 건 어디까지일까요?"라고 물었을 때였다. 그는 아무렇지 않게 말했다.

"그야, 전부지."

초보 부모일 때라 '그렇구나. 이걸로 끝, 이란 건 없구나' 싶어 등줄기에 힘이 들어갔다.

그녀의 남편이 말한다.

"부부싸움을 하는 소리도, 아이를 야단치는 소리도 들려요. 이 주택은 좋건 나쁘건 프라이버시가 없는데 저희는 그 점이 오히려 마음 편했어요. 살 곳을 찾을 때 처음에는 집의 구조나 인테리어, 분위기 같은 데 신경을 썼는데, 아이가 태어나면 그런 겉모습은 아무래도 상관없어져요. 무엇보다 커뮤니케이션이나 환경이 매우 중요하다는 걸 실감하고 있어요."

오빠가 주스 마셨어, 얼른 밥 먹어라, TV 꺼! 형제 싸움의 원인도 손바닥 보듯이 안다. 밤에 모여 술을 마실 때 그 부부가 사소한 일로 말다툼을 시작하는 일도 자주 있다.

"그런데 아무리 다퉈도 조금 있으면 손을 잡고 있거나 해요. 어, 싸운 거 아니었어? 싶죠. 그 관계의 진폭이 몹시 신기했어요. 아직 저희도 부부라는 팀을 운영하는 요령을 모르던 때였죠."

처음에는 끼어들어 말리려고 허둥지둥했는데 겪어보니 이건 이웃 부부의 자연스러운 커뮤니케이션의 하나라는 걸 알았다. 그리고 이건 상황을 받아넘기는 고도의 가족 경영, 일상 운영의 요령이란 것도 깨달았다.

아무리 그래도 어느 부부에게나 충돌이나 균열은 있다. 그 해결법도 배웠다.

"맛있는 음식을 맛있다고 느끼는 정도가 부부가 똑같은 거예요. 한 접시 한 접시 먹을 때마다 오케스트라 공연으로 순회했던 각지의 추억담이 쏟아져나와 대화가 끊이지 않아요. 먹는 행위가 두 사람의 일상을 이어주는 꺾쇠인 듯했어요."

툇마루가 없어지고, 자동 잠금 장치로 외부에서 쉽게 사람이 들어오지 못하게 되면서 일본의 주택은 안전성, 기밀성이 비약적으로 높아졌지만, 안과 밖을 차단함으로써 잃어버린 것도 많이 있다. 예컨대 이 젊은 부부처럼 부부와 가족의 운영 방법을 선배에게 배운다는 경험의 전승이다. 부딪쳐도 화해해서 다시 앞으로 나아간다. 작은 난관을 극복하는 요령은 교과서에는 나와 있지 않다.

이웃 상실

8월, 이웃은 비좁아진 집을 견디다 못해 넓은 집으로 이사를 갔다. 꽤 시간이 흘렀지만 이웃의 소리가 없는 것이 아무튼 크게 다가오는 모양이다.

"만나지 않는 날에도 달그락달그락 접시 씻는 소리, 아이들 웃음소리, 저녁식사 준비하는 소리. 그런 일상의 소리가 들려와서 우리까지 생활에 의욕이 생겼다는 사실을 떠나고 나서 깨달았어요."

이사하는 날, 그녀는 눈물을 보이지 않고 되도록 밝게 행동했다.

"생각해보면 그쪽 입장에서는 새로운 집으로 옮기는 경사스런 날이잖아요. 제가 울거나 하면 미안하니까요. 아침밥을 차려서 다들 먹으러 오라고 했어요. 부인도 밝게 행동했지만, 떠날 때는 '눈물 날 것 같아'라며 침울해했어요."

이웃집 남편에게 들은 말이 지금도 가슴에 남아 있다.

"더이상 이웃은 아니지만 이제 친구가 됐네."

교제는 지금도 이어지고 있다. 분명 평생 이어지리라.

인근 주민의 반대로 어린이집을 짓지 못하고, 소음 때문에 이

197

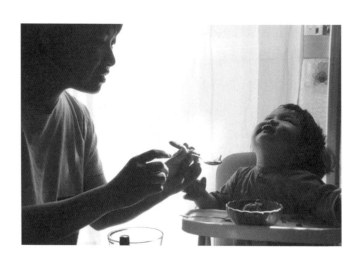

웃을 살해하는 등 도쿄에서 종종 일어나는 각박한 이야기를 듣는다. 무엇을 지키고, 무엇을 소중하게 여기고, 무엇을 배제할 것인가. 젊은 부부는 하나의 정답을 갖고 있다. 가르쳐준 이는 열 살이나 위인 부부와 세 명의 아이들.

마당에 나가보았다. 남편이 기른 화분과 조그만 텃밭이 있다. 낮은 울타리 너머에 바로 이웃집 마당이 있다. 그래, 여기라면 분명 눈이 마주치면 맥주를 마시고 싶어지리라. 예전에 술잔을 주고받던 마당에는 잡초가 자랐고, 쥐 죽은 듯이 고요가 감돌았다. 사람의 기척이 주는 온기를 생각하는 일요일 오후의 문화주택. 젊은 부부는 마지막 순간을 끝까지 지켜보는 주민이 될까.

사랑의 뒷이야기

4년 동안 타인의 부엌을 찾아다니다보니 다양한 교류가 생겨나 생각지도 못했던 '뒷이야기'를 알고 놀라기도 한다.

최근에는 이 책의 여섯번째 이야기 「이혼, 미각을 잃은 뒤에⋯⋯」의 주인공에게서 "취재를 다녀가신 뒤로 뭔가 악령이 깨끗이 떨어져나간 기분이 들면서 무언가 확실히 변했어요. 그 이틀 뒤에 어느 남성과 영화를 보러 갔다가 의기투합해서 그다음 달에 정식으로 교제하게 됐어요. 그리고 5개월 뒤에 양가 부모님께 인사를 드리러 갔답니다"라는 내용의 메일을 받았다.

그녀는 전남편과도 손에 꼽을 정도이긴 하지만 함께 밥을 차린 적이 있었다. "그때는 분명 행복한 순간을 느꼈어요"라고 말한다. 메일의 마지막에는 이렇게 쓰여 있었다.

"지금 만나는 사람은 취재하러 오셨던 그 비좁은 ㄱ자형 부엌에서 악전고투하면서 찜 요리에도 도전해요. 리우올림픽과 히로시마 도요 카프의 우승 경기를 텔레비전으로 보며 같이 먹기도 했어요. 식탁에 마주 앉을 사람이 있다는 건 정말로 즐겁고 애틋한 일이더군요. 전남편과는 서로 다른 곳에서 각자가 행복을 느낄 수 있는 상대와 새 출발하여 언젠가 슬쩍 서로의 인생의 기억에서 사라질 수 있었으면 좋겠어요. 이런 마음을 가질 수 있었던 건 역시 그 연재 기사 덕분이에요."

'사라진다'고 했지만 떠올리고 싶지 않다는 뜻이 아니라, 슬쩍 먼 기억이 되기를 바라는 것이라고 나는 해석했다. 메일에서 사랑하는 사람과 시간을 보내는 행복이 흘러넘칠 듯이 전해져왔다. 그런 사람과 마주 앉은 식탁에서는 된장국 한 그릇, 토란조림 한 그릇도 최고의 맛이리라. 동시에 예전에 한 번이라도 식탁에 마주 앉았던 사람이 어딘가에서 행복해졌으면 하는 다정한 마음도 전해진다. 이런 여유는 취재 때만 해도 없었다.

부엌에 관해 이야기하면서 그녀는 마음의 상처를 치료하고, 그곳에 서면서 살아갈 힘을 기르고, 유연하게 강해졌다. 부엌은 그녀에게 재생의 장소였던 것이다.

한번은 취재했던 사람에게 "혼자 사는 딸의 부엌을 취재해주세요"라는 의뢰를 받은 적이 있다. 찾아갔더니 어머니가 생각하는 것보다 훨씬 착실하게 취직 공부를 하고 있었다. 필기로 가득한 교재를 보자 눈시울이 뜨거워졌다. 그리고 현관 옆의 조리 기구가 하나 있는 작은 부엌에는 컵에 칫솔이 두 개 꽂혀 있다. 어머니에게 들키면 큰일 날지 몰라, 내가 다 콩닥콩닥해서

셔터 누르기를 잠깐 망설였다.

막 시작한 사랑, 끝이 보이는 사랑, 죽은 사람이 마음속에서 여전히 살아 있는 사랑. 부엌은 사랑과 인생을 적나라하게 비춘다. 바깥에서 어깨에 힘을 주고 아등바등하는 사람의 갑옷을 벗은 알몸이 보이니까 끝없이 흥미로운 것이다.

공간이
알려주는
부부의
궁합

조각가(남성) | 71세
마치다시 | 단독주택 | 3LDK
아내(회사원·51세), 장모(무직·75세)와
3인 가구

자꾸만 한숨을 쉬고 말았다. 나무 찜통과 소쿠리를 넣을 수 있는 상부장, 바퀴가 달린 냄비 수납장, 오래된 책꽂이를 벽에 달아 만든 행주 보관함……. 낡은 목조 단독주택을 구입, 리모델링해 북쪽에 있던 부엌을 밝은 남쪽으로 이동했다. 최저한의 제작은 목수에게 부탁했지만, 선반 등은 모두 그가 손수 만들었다. 그래서 필요한 것이 필요한 장소에 정확히 배치되어 있다. 꺼내기 쉽고, 넣기 쉽다. 게다가 전부 목제다. 앤티크 캐비닛이나 오래된 도구들을 요령껏 재활용해 나뭇결의 무늬가 아름다운 공간으로 완성했다. 생업이 조각가라고는 하나, 이 절묘한 구조와 자연스러운 나뭇결이 만들어내는 공간은 요리를 하는 사람에게는 이상향이다.

앞뒤 길이 몇 센티미터의 오차도 놓치지 않았다. 선반 판자를 설치해 향신료를 줄 세워두었다. 이건 직접 요리를 하는 사람이 아니면 생각할 수 없는 설비다. 역시 짐작대로 본인도 대단히 요리를 좋아한다고. 잡화를 취급하는 회사에서 일하는 아내는 풀타임 근무라 그가 평일 저녁식사 준비를 담당한다.

"어제 저녁밥? 여주 볶음하고 토마토 고기볶음하고 수프였어요. 대체로 세 가지는 만들어요. 맥주나 와인 같은 걸 그때그때 식사에 곁들여 느긋하게 대화하면서 한 시간쯤 들여 먹지요."

결혼은 19년 전이었으며, 세번째다. 함께 사는 장모의 도움까지 받아 겨우겨우 들은 사랑의 계기는 이렇다.

미술을 가르치던 초등학교에 아내의 남동생이 다녔다. 그 인연으로 아내의 어머니와 둘이서 전시회를 열었다. 아내의 어머니는 화가다. 그 전시를 도우러 온 사람이 지금의 아내다. 어떻게 스무 살의 나이 차이를 극복하고 사랑을 시작했는지 물어도 말을 아낀다. 다만 "뒤풀이로 식사를 하는데 어쩐지 흥이 올랐어요. 함께 있으면 마음이 편해요"라고 말한다.

연애에 나이는 관계없지만, 그 전부터 예술가끼리 신뢰가 있었던 어머니가 힘이 되어준 게 컸을 것이다. 그렇지 않으면 스무 살 연상에다 세번째 결혼인 남성을 쉽게 허락하지 않을 터.

"이 사람, 굉장히 부지런하고 요리를 잘해요."

아내의 어머니가 중얼거렸다. 부지런하고 요리를 잘한다. 아주 심플한 말이지만, 생활을 함께하는 사람에게 보내는 찬사로는 최상급이 아닐까.

결혼 후, 아내는 주말 식사를 담당한다. 아내의 어머니와 셋이서 식탁에 둘러앉는다.

"무엇을 만들겠다고 정하고 시작하기보다 그날 있는 재료로 상황에 맞게 만들어요. 장볼 때 식재료는 아내와 함께 고르죠."

달력 옆에 '2017년, 방울토마토는 빨간색만'이라는 메모가 붙어 있었다.

"아, 그거 아내가 적은 거예요. 집 앞에서 방울토마토를 키우는데 노란색 토마토는 잘 못 키우겠다더군요. 그래서 내년에는 빨간색만 기르자는 메모예요."

나 같은 풋내기가 말하려니 우습지만, 사랑을 하고 있는 사람의 이야기를 듣는 건 즐겁다. 나까지 마음이 따끈따끈해진다. 부인이 만드는 음식 중에 좋아하는 게 뭔지 물으니 으음, 하고 쑥스러워하더니 중얼거렸다.

"간식으로 젤리를 만들어줘요. 그게 참 맛있어요."

자유의
근거

부엌도 거실도 나무 질감이 대부분이라 독특한 따스함이 감돈다. 물건은 많지만 통일감이 있어 차분한 느낌으로 눈에 거슬리지 않는다.

"어렸을 때부터 부모님이 물건 고르는 눈이 까다로웠어요. 플라스틱이라면 질색하셨죠. 젊었을 때는 뭣도 모르고 인테리어나 생활이 다 거기서 거기라고 생각했는데, 지금 생각해보면 부모님의 심미안에서 영향을 받은 부분이 큰 것 같아요."

그는 서양화가인 아버지, 작가인 어머니 사이에서 태어났다. 어머니는 여성의 삶과 연애론, 멋에 관해서도 활발히 저술 활동을 펼치고 방송에도 여러 번 출연한, 이른바 여성평론가의 선구자이기도 하다.

지요다구 산반초三番町에 있던 본가는 건축가가 지은 실험적인 모양새였다. 어머니는 가정부를 요리학교에 보내 요리를 배우게 했다. 가정부가 없을 때면 그가 직접 요리를 했기에 어린 시절부터 요리에는 익숙했다.

"부모님은 제가 조각가의 길을 걷는 것에 아무런 반대도 하지 않으셨어요. 어머니 자신도 아주 자유롭게 사셨고요."

어머니는 다이쇼 시대1912~26년 다이쇼 일왕이 통치하던 시기에 태어난 분이다. 여성이 직업을 갖고 출산 후에도 일을 계속하는 경우는 아직 드문 시절이었다. 하지만 육아도 가정도 일도 분방하게 해냈다. 그럴 수 있었던 이유를 그는 짧은 말로 이렇게 표현했다.

"어머니는 남동생을 전쟁으로 잃었어요. 그래서 살아 있다는 것의 의미가 남다르지 않았을까요."

삶에 감사했기에 누구의 눈치도 보지 않고 자유롭게 소신대로 살았다. 그의 삶 역시 무의식중에 어머니의 철학을 답습하고 있는 듯 보였다.

그나저나 이 집에는 플라스틱이 눈에 띄지 않는다.

"애초에 오래된 집을 구입한 거라 시스템키친 같은 번쩍번쩍한 새것이 들어와도 소용이 없다고 생각했어요. 건물과 전체적으로 어울리는 게 중요하다고 생각해요."

신혼 시절의 아내도 그런 것을 일절 바라지 않는 사람이었다. 나무와 스테인리스의 질감으로 통일된, 구석구석까지 손수 만든 부엌을 보니 부부 궁합의 요소에는 여러 가지가 있겠지만 미의식이라는 것도 대단히 중요하다는 걸 절실히 느꼈다. 누구도 흉내 낼 수 없고, 세상 어디에도 닮은 공간이 없는 오리지널리티 넘치는 부엌. 음, 역시 좋다.

아내는 만나지 못했지만 두 사람의 가치관이 얼마나 합치하는지 훤히 보였다. 손가락 하나로 서랍이 움직이고, 오븐이며 식기세척기가 달린 반짝반짝한 시스템키친을 동경하는 여성이라면 그와의 생활은 지속할 수 없을 것이다. 아니, 그 이전에 두 사람이 사랑에 빠지는 일이 없었겠지. 부엌이라는 건 이렇게 고스란히 드러낸다.

취재 초반에는 "이런 곳에 볼 게 있겠어요?"라며 불안해하던 그가 이튿날 전화를 걸어왔다.

"화장실도 온갖 아이디어를 짜내서 손수 만들었어요. 괜찮으면 보러 와요."

아직 다시 찾지 않았지만, 분명 독특한 미의식이 가득한 멋스러운 공간일 것이다. 화장실을 주제로 책을 쓰는 날이 온다면 기필코.

'집'과 결혼,
두 모녀의
요리 천국

프리랜스 편집자(여성) | 49세
신주쿠구 | 분양 맨션 | 2LDK
딸(13세)과 2인 가구

가스레인지 옆,

동경하던 '파삭'

지은 지 20년 된 맨션을 전체 리모델링했다. 부엌의 가스레인지 옆에는 꿈에 그리던 린나이 제품의 그릴을 설치했다. 위에서 불을 쬐이는 방식이다. 그녀는 오랜 꿈이 이루어졌다며 만족스러운 눈치였다. 결코 넓지 않은 가스레인지 옆 공간에 커다란 그릴을 놓는 것을 두고 리모델링을 담당한 건축가가 "가스레인지하고 그릴하고, 가스가 두 개가 되어버리는데 괜찮으신 거죠? 정말 사용하시는 거죠?" 하고 몇 번이나 확인했다고 한다.

"이 그릴은 위에서 불이 나오는 방식인데 꼬치구이집에 가면 주방에 꼭 있어요. 껍질을 파삭하게 굽는 데 최고죠. 20년쯤 전에 오사카의 호젠지요코초法善寺橫丁에 있는 선술집 카운터 자리에 앉아 혼자 술을 마시는데 저게 보이길래 아, 저 그릴 우리 집에도 있었으면 좋겠다고 생각한 게 시작이에요. 그 뒤로 술집의 구이 안주는 대부분 그걸로 굽는다는 걸 알게 됐어요."

일로 요리 관련 서적을 편집하는 경우도 있어 자택에서 촬영을 하기도 한다. 먹는 것에 관해서는 남다른 열정을 품고 있다. 그런 그녀가 그토록 갖고 싶었던 그릴은 덮개가 없고 식재료를 굽는 기능만 있는 심플한 프로용 주방기기였다.

"생선, 고기, 채소. 뭐든 직화로 파삭하게 노릇노릇 구워줘요. 손님이 오면 꼭 이 '파삭'을 대접하죠."

출발점은 고향 후쿠이福井의 생선가게였다. 날생선과 함께 온갖 반찬들이 줄지어 놓인 그 가게에 어머니와 장을 보러 가는 게 즐거움이었다.

"생선구이는 물론 꼬치구이, 양념구이, 생선 반찬들이 주르르 놓여 있는데 전부 엄청나게 맛있었어요. 안쪽에는 커다란 린나이 그릴이 있었어요. 덮개가 없는 게 맛의 비밀일 것이다, 어린 마음에 그렇게 추리하기도 했죠."

어른이 되어 호젠지요코초에서 재회. 그때부터 다시 세월은 흘러, 드디어 마법의 그릴을 자택에 들였다. 중학생 딸과 둘이서 산다. 자주 사용하는지 물었더니 솔직한 대답이 돌아왔다.

"은근히 귀찮아서요. 둘이 있을 땐 잘 쓰지 않아요."

그런 것이라고 나도 생각한다. 꿈이 이루어져 매일 바라보는 것만으로 그녀가 행복하니까 그걸로 충분하다.

잘 있어,

베트남

2009년부터 3년간 일도 도쿄도 버리고 초등학생 딸을 데리고 베트남에 가서 살았다. 연인의 부임에 따라나선 것이다.

"사랑하니까 함께 가고 싶은 마음뿐이었어요. 공항에 내려서 자 찌는 듯한 더위가 몰려왔는데 그래서 더더욱 연애 모드에 불이 붙어버렸죠. 그는 소박하고 근면한 베트남 사람들을 늘 칭찬했어요. 그 영향인지 그곳에서 지내는 동안 불쾌했던 적이 한 번도 없었어요. 지금도 베트남을 사랑해요."

비옥한 대지에서 나는 쌀이며 채소, 과일이 무척 맛있었다. 볶음요리 등과 같이 잎채소류도 많이 먹었다. 버터로 볶은 콩을 쓰는 베트남 커피, 설탕과 간장과 느억맘으로 만드는 조림, 튀긴 춘권……. 베트남에서 배운 요리만 해도 그 가짓수가 너무 많아 셀 수가 없다. 가만히 있지 못하는 성격이라 부탁받는 대로 편집 일을 시작했는데 정신을 차리고 보니 현지에서 편집 프로덕션 같은 걸 하고 있었다. 익숙치 않은 새로운 세계였을 텐데도, 타고난 활력으로 열심히 생활의 터전을 닦았던 것이다. 그 사람은 좀더 자신에게 의지하기를 바랐는지도 모른다. 조금씩, 하지만 분명히 두 사람의 마음은 엇갈리기 시작해, 3년 차에 귀임하던 날 그는 홀로 비행기에 올랐다.

"베트남에서도 중간부터 다른 방에서 지냈고, 그가 귀국한 것도 그리 충격적이지 않았어요. 다만 그 도시에 그 사람이 없다고 생각하니까 갑자기 쓸쓸해졌어요. 딸과 둘이 있을 의미를 못 찾겠더라고요. 한편 일본에서 출판 관련 일을 하는 지인이 보내주는 잡지와 서적은 놀랄 만큼 퀄리티가 높았어요. 저도 다시 한번 그 현장에 서고 싶어졌어요."

딸과 둘이 이국에 동그마니 남겨진 기분이었을 것이다. 미련 없이 짐을 꾸리기 시작했다.

사랑하는 베트남에 마지막 정착지는 없었다. 지금 일본에서 히트작을 잇달아 펴내는 그녀에게 그 3년은 분명 여행 도중 잠시 짐을 내려놓고 날개를 쉬게 한 시간이었을 것이다.

원래 소유하고 있던 가구라자카에 있는 맨션으로 돌아온 그녀는 곧장 일을 재개했다. 기다렸다는 듯이 옛 동료들에게서 의뢰가 줄을 이었고, 앞만 보고 달려 지금에 이르렀다. 취재하던 날도 막 촬영한 요리 사진 복사본이 한 움큼 테이블에 쌓여 있었다.

맨션은 원래 아버지가 갖고 있던 것이다. 베트남에 가 있는 동안에도 처분하지 않았다. 손녀딸이 베트남에 적응하지 못하면 언제든 돌아오라는 할아버지의 마음이었다.

"식사 중에는 스마트폰을 보지 않는다."

"네, 집세를 내지 않아도 되는 맨션이 있는 건 감사한 일이죠. 집이 있다는 건 남편이 있는 것과 같아요. 이 집 덕에 제 수입으로 생계를 꾸릴 수 있어요. 대출이 있으면 혼자서 아이를 키우기는 힘드니까요. 그래서 집이 있으면 남편이 없어도 된다는 생각을 최근 들어 절실히 해요."

농담처럼 말하지만 설득력이 있다. 딸의 시치고산일본어로 '칠오삼(7, 5, 3)'을 뜻함. 어린이들이 3세, 5세, 7세가 되는 해의 11월 15일에 성장을 축하하는 행사과 중학교 진학 때는 이웃 음식점과 채소가게를 돌아다니며 찰팥밥을 돌렸다. 평소 통학하는 딸에게 말을 걸어주고 따뜻하게 지켜봐주는 이웃들에 대한 작은 감사 표시라고 한다.

집, 이웃, 동료, 친구. 가구라자카라는 작은 지역사회의 품에서 단단히 뿌리를 내리고 두 발로 서 있다. 남자는 필요 없다고 벽을 쌓지도 않고 매력이 넘치는 사람이지만, 그녀는 꼭 이 집과 결혼한 것처럼 보였다. 그도 그럴 것이 아끼는 그릴과 주방도구, 거실 바닥재와 집 구조를 설명할 때의 표정이 더할 나위 없이 행복해 보였으니까.

아흔두 살,
기도 속에서
살아가는
예법

주부(여성) | 92세
시나가와구 | 분양 단독주택 | 4K
1인 가구

도쿄 대공습으로

고향에 돌아오다

사도가佐渡섬 출신으로, 일곱 형제 중 밑에서 세번째다. 1936년, 열일곱 살 때 재봉소에서 고용살이하던 언니를 따라 도쿄로 상경해, 언니의 고용살이 집에서 수련을 하며 일본옷 재봉을 배웠다.

"왜 상경했냐고? 도쿄에는 게이샤 거리도 있고 해서 재봉 일거리가 많고, 사도가섬에서는 남편과 헤어지게 되면 수중에 직업이 있어야 한다고 입을 모아 말했거든요. 그래서 언니의 아이를 돌보면서 열심히 일본옷 재봉을 수련했어요."

노력한 보람이 있어 1943년에 일본옷 재봉 면허를 땄다. 하지만 얼마 지나지 않아 그녀는 사도가섬으로 돌아가고 말았다. 도쿄 대공습이 일어났기 때문이다.

"남동생이 후카가와에서 죽었어요. 나는 고탄다에 있어서 살았고. 충격으로 일주일 동안 아무것도 먹지 못했어요. 집도 다 타버리고 아무것도 안 남았어요. 트럭으로 부상자들이 실려 가는 모습을 보고 그만 사도가섬으로 돌아가자 싶었어요."

3년 뒤, 사도가섬에서 같은 고향 출신의 남성과 결혼했다. 1950년에 이번에는 남편이 친척의 소개로 니혼바시에 있는 여

관 안내소에서 일하게 되어 네 가족이 상경했다.

"요즘으로 치면 여행 대리점이죠. 신바시에 살았는데 나는 신바시의 게이샤들 기모노를 짓기도 했어요. 지금 이곳에 집을 지은 건 1955년이에요. 남편이 여관을 본떠서 현관과 부엌 사이에 둥그런 모양의 장지문을 만들었어요. 이 집은 볕이 잘 들고 길도 조용해요."

그때부터 오늘까지 한 집에 살고 있다. 두 아이를 키우며 2003년까지 일본옷 재봉일을 계속했다.

요리는 뭐든 척척 만든다. 아들의 친구가 오면 교자를 만들고, 커틀릿과 크로켓도 인기였다. 친척의 아이를 맡아 키울 때는 매일 아침 4개의 도시락을 쌌다. 이제는 두 아이의 어머니인 손녀딸이 진지하게 말한다.

"할머니 요리는 다 맛있어요. 놀러 오면 늘 요리와 이불이 준비되어 있어서 꼭 민박집에 온 것 같아요."

혼자 살지만 근처에 사는 아들 부부와 손주가 드나들어 활기차다.

마당에는 길들이고 있다는 새의 모이대가 있있나. 그 옆에 무말랭이 절임을 민들 부를 말리고 있고, 설날의 가가미모치_{신에게}바치는 떡으로 만든 장식품를 깨뜨린 것이 종이 위에 널려 있다. 기름에 튀겨 아라레_{화과자의 일종}를 만든단다. 냉장고에는 집에서 만든 순무 절임과 청어알 절임이.

그때그때의 계절에 맞춰 전통적 풍습을 챙기는, 얼마 전까지만 해도 일본인이라면 누구나 하던 단정하고 정성스런 생활이 그곳에 있었다. 세시기歲時記다 계절 행사다 하는 그런 거창한 것이 아니라, 좀더 일상에 녹아든 것, 작은 계절의 변화에 마음을 기울이며 지내는, 그 옛날에는 당연했던 일. 우리 할머니도 이러셨지, 그녀의 생활을 보면 누구나 그리워지지 않을까.

불단이

제일 우선

"근처 슈퍼에서 무거운 채소를 사면 집까지 좀 들어달라고 친하게 지내는 채소장수한테 부탁해요. 매번 들어다줘요. 다른 집에서 산 채소인데도."

이 얼마나 기운차고 명랑한 아흔두 살인가.

남편은 여든여덟의 나이에 세상을 떠났다. 그때부터 매일 세끼 불단에 올릴 밥을 새로 짓고, 자신은 불단에 올렸던 음식을 먹는다.

"오늘 점심은 먹고 싶지 않은데, 싫다가도 불단에 올려야 하

니까 결국 뭐라도 만들어요. 메밀국수를 휙 삶거나. 불단에 올렸던 것이 아니면 이제는 먹은 기분이 들지 않아요."

아무리 적은 양이라도 아침 점심 저녁 남은 것이 아니라 새로운 식사를 만든다는 것은 대단한 정성이다. 그리 말하자 시원스레 대답한다.

"불단이 제일 우선이니까요."

밖에서 식사를 할 때는 불단에 올릴 몫을 반드시 사서 돌아온다.

"공양을 올리면서 아들, 며느리, 손주, 손주의 가족까지 모두의 이름을 부르며 부디 건강하게 지켜달라고 기도해요. 최근에 손자가 결혼을 해서 손자며느리의 이름도 말하며 기도하죠."

놀러와 있던 손자며느리가 큰 소리로 말했다.

"그래서 할머니 기도가 그렇게 길구나!"

순무 절임, 잘 닦인 냄비, 깨뜨려 말린 아라레, 신앙심. 바로 얼마 전까지만 해도 가까이 존재했던 생활 속 예법의 소중함을 생각했다.

요리 연구가의 부엌

가정을 위해서뿐 아니라
삶으로서 '요리'를 택하는 사람이 있다.
맛과 요리 스타일을 제안하는 요리 연구가도
그런 직업 중 하나다.
부엌을 인생의 무대로 선택한
두 인기 요리 연구가의 이야기를 들어본다.

인디펜던트,
프랑스의
사랑에서 배운
인생의 룰

야나세 구미코 씨
요리 연구가, 푸드코디네이터 | 53세
메구로구 | 테라스하우스 | 2SLDK

"이 집의 낡고 오래된 상태가 마음에 들어요. 뭔가 포용력이 있어."

입을 떼자마자 그렇게 말하고 야나세 씨는 까르륵 웃었다.

지은 지 40년이 되었지만 어쩐지 산뜻한 느낌을 주는 테라스 하우스다. 오래되어 단열도 충분하지 않고, 겨울에는 발부터 시리다. 콘센트 수도 모자라다. 자택에서 요리책 촬영을 하거나 요리교실을 여는 사람으로서는 전원이 적은 건 분명 골칫거리일 것이다. 하지만 그런 불편까지 통틀어 이 낡은 부엌을 애지중지하는 게, 이곳에서 산 12년이라는 세월에서도 느껴진다.

『두부치즈케이크』『퀵브레드로 아침식사』『커스텀 크레이프& 갈레트』……. 2016년에만 과자와 요리 레시피북이 4권. 지금까지 53권을 출간했다. 그 외에 광고 푸드코디네이트, 기업의 메뉴 개발, 자택에서의 요리교실 개최로 눈코 뜰 새 없이 바쁜 인기 요리 연구가다. 요리책 제작이 2개월 동안 4권이나 겹쳤던 요전에는 식재료를 사러 가는 도중에 차 안에서 불쑥 눈물이 터져 멈추지 않아 난처했다고 한다. "너무 무리하시는 게 아니냐"고 물었더니 "맞아요, 그럴지도 몰라요"라고 가볍게 받아넘긴다. 좋아서 걸어온 요리의 길이니 의뢰가 있는 한 기대에 120퍼센트의 힘으로 부응하고 싶다는 굳은 의지가 있다. 불쑥 흘러내린 영

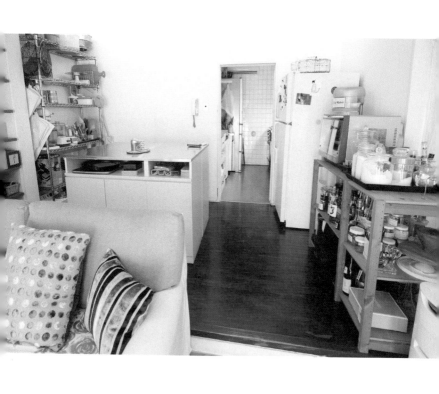

문 모를 눈물 따위 분명 그녀에게 대수롭지 않은 일일 것이다.

내가 그리 생각한 건 요리 연구가가 되기까지의 긴 이야기를 들었기 때문이다. 모든 의뢰에 응하는 굳은 신념의 초석에는 잊지 못할 한 프랑스인 남성의 존재가 있었다.

열여덟 살에 과자점 수련,
그리고 그 사람의 나라로

요리 프로그램을 위해 테스트 삼아 만들었다는 리코타치즈로 만든 아이스크림 케이크 '카사타cassata'를 자르면서, 야나세 씨는 10대 때로 기억을 거슬러 올라갔다.

고등학교 2학년 여름방학, 과자를 먹는 것도 만드는 것도 마냥 좋았던 그녀는 아르바이트 모집 벽보를 보고 아오야마에 있는 파티스리에서 딱 한 달 일했다.

"그게 너무너무 재미있는 거예요! 제과에 관해 더 알고 싶고, 더 오래 일하고 싶었어요. 과자를 만드는 제과사들이 근사해 보였어요. 나도 저렇게 되고 싶다고 그때 강렬하게 생각했죠."

제과사들이 어디어디 가게의 누가 가게를 낸다더라, 거기 과자가 굉장하더라, 이런 이야기를 하는 걸 들으면 아르바이트비를 움켜쥐고 곧장 사러 갔다. 최첨단 양과자 정보가 현장에서 바로바로 귀에 들어왔다. 그때마다 고등학생 야나세 씨는 다른 사람의 감상이 아니라 직접 먹어보고 확인하고 싶었다.

"3학년이 되자 다들 진로를 진지하게 생각하기 시작했는데, 저는 제과사 생각으로 머릿속이 꽉 찼어요. 아오야마의 가게에서 알게 된 사람이 이케지리오하시에 새로운 가게를 연다기에 하굣길에 들렀어요. 그곳의 케이크가 정말로 보석처럼 예뻤어요. 마들렌을 사 먹었더니 엄청나게 맛있는 거예요. 아오야마의 가게는 레트로풍 케이크를 만들었는데, 이 가게는 프랑스 과자를 만들었어요. 아아, 나도 '본고장'의 케이크를 만들고 싶어! 이렇게 생각했죠. 다음날 주방에 가서 '과자점에서 일하고 싶어요'라고 직접 말했어요."

까다로워 보이는 가게 주인은 간청하는 그녀의 말을 일축했다.

"주방에 여자는 못 들어가. 여자는 감당 못 해."

그의 말에도 굴하지 않고 매일 찾아가 "가게에서 일하게 해달라"고 간청했다. 꼭 아침 드라마 스토리 같다. 가게 주인은 마지막에 꺾였다.

"아무튼 고등학교를 졸업하면 3년은 잠자코 일해라. 그러면 제과사를 시켜주겠다. 이렇게 말하더라고요."

첫 월급을 선명하게 기억한다. 7만230엔. 부모님 집에서 다니지 않으면 생활도 어려운 금액이었다.

"아침 8시부터 밤 10시까지 쉬지 않고 일했어요. 제과사는 전부 여덟 명이고, 여자는 저 하나였죠. 동기도 없이 제일 막내였어요. 제과사들과 술을 마시러 가면 잔소리를 늘어놓거나, 스승의 욕을 하거나……. 그래도 즐거웠어요. 여자가 몸이 차가우면 안 된다며 케이크를 만드느라 냉방을 하던 겨울철에는 따뜻한 솥 쪽으로 보내주기도 하면서 신경을 써줬어요. 스승은 프랑스와 스위스에서 수련을 한 분인데, 시부스트^{chiboust} 하나만 봐도 어디에서도 보지 못한 아름다움이 돋보였어요. 이런 훌륭한 케이크를 공짜로 먹고, 기술까지 배울 수 있다니. 저 같은 건 거치적거리기만 했겠지만, 무아지경으로 일류 기술자 옆에서 공부했어요. 그 3년은 잊을 수 없어요."

약속한 3년이 되자 예상대로 스승이 물었다.

"너 앞으로 어떡할 생각이냐?"

이어지는 대답이 아침 드라마 주인공과는 많이 다르다.

"저녁이 있는 삶을 살 수 있는 일을 해보고 싶어요."

때는 버블경제기. 고교 동창들은 명품백을 들고, 꼼꼼히 메이크업을 하고, 미팅이다 골프다 해외여행이다 여기저기 다니기 바빴다. 매일 밤 10시까지 일하고, 정기 휴일은 평일이었던 야나세 씨는 화장을 해본 적도 없었다.

지쳐버린 거죠. 게다가 정말로 저녁이 있는 삶이란 걸 경험해보고 싶었어요. 이렇게 태연히 말한다. 스승은 뭐라고 말씀하시던가요?

"멍하게 보시던데요. 입이 딱 벌어진다는 거, 그런 상태를 말하는 게 아닐까요."

하지만 저녁에 노는 건 겨우 3개월 만에 질려버렸다고 한다. 결국 요리와 관련된 일을 하고 싶어서 음식점 아르바이트를 전전하다 1년 뒤 스물세 살에 프랑스로 건너갔다. 프랑스 요리를 배우고 싶어서였다.

"프랑스 말은 전혀 못했어요. 그래서 우선 투르Tours라는 프랑스 중부의 한갓진 도시에 있는 어학원에 반년 다녔어요. 아파트에 살았는데, 그곳의 집주인인 무슈monsieur 바이가 아내인 마담madame 이렌과 함께 작은 레스토랑을 운영했어요. 집세를 직접 주러 가면 뭔가 먹을 걸 줬어요. 브르타뉴 출신의 주인아저씨가 만드는 명물 해산물 요리나 수프 드 푸아송 같은 것들이 맛있었죠! 처음부터 저를 딸처럼 귀여워해줬어요."

반년 뒤, 만반의 준비를 하고 파리로 향했다. 하지만 아파트를 찾는 동안 호텔비가 많이 든다. 그러자 무슈 바이가 이렇게 말했다.

"딸이 파리에 있어. 아파트를 찾을 때까지 함께 지내렴."

여섯 살 위의 딸은 친언니처럼 대해주었다. 사람과 사람 사이에 격의가 없고 인정미 넘치는 바이 일가에 몸도 마음도 의지한 채 야나세 씨는 아는 사람 하나 없는 프랑스에서 그럭저럭 생활을 이어갈 수 있었다.

겨우 찾은 아파트 역시 바이의 딸이 보증인이 되어주었다.

파리에서는 반년간 리츠에스코피에 요리학교에 다녔다. 규정의 학점을 취득하고, 디플로마 인정도 받았다. 하지만 뭔가 성에 차지 않았다. 어학도 요리도 최고에 오르지 않았다는 마음을 안은 채 별수 없이 귀국 준비를 했다. 졸업이라는 목적은 달성했으니 이걸로 됐다고 자신을 타이르며 바이 부부가 사는 투르로 향했다. 신세를 진 은인에게 누구보다도 먼저 요리학교 졸업을 보고하고 싶어서였다.

야나세 씨가 이야기를 꺼내자 이렌이 처음에는 조곤조곤, 하지만 차츰 길길이 날뛰며 화를 냈다.

"프랑스 말을 할 줄 아는 것도 아니야. 프랑스 문화도 몰라. 구미코, 너 그런 상태로 일본에 돌아가서 프랑스에 있었다고 말할 수 있니?"

부부는 이전부터 어학에 관해서는 틈만 나면 냉정한 충고를 했었다. 하지만 그렇게 확실히 부정당한 건 처음이었다. 입술을 깨물고 있자, 이렌이 말했다.

"우리 집으로 돌아오렴. 이제 집세는 필요 없으니까 그 돈으로 어학원에 다니면서 말을 배워. 그리고 우리와 함께 지내면서 프랑스의 식문화를 접해봐. 우리 자식이니까 가끔 가게 일도 돕고."

자신을 위해 이 정도로 진지하게 야단치고, 이렇게까지 가족처럼 돌봐주는 사람이 프랑스에 달리 또 있을까. 우연히 집에 세 들어 살았을 뿐인 자신에게 손을 내밀어주는 집주인 부부의 기대와 애정에 부응하고 싶다고 그녀는 처음 진심으로 생각했다.

"정신이 번쩍 들었어요. 그래서 다시 한번 어학원에 들어갔어요. 마치면 가게 일을 돕고요. 이렌이 주방 한쪽에서 가끔 가족끼리 먹을 밥을 만들어주는데, 신선한 흰 강낭콩을 넣고 끓인 그 요리의 맛을 잊지 못해요. 그곳에서 처음으로 매너, TPO에 맞는 말투, 프랑스 가정식 요리와 과자를 배울 수 있었죠."

프랑스에 간 지 2년. 일본의 잡지나 유학정보지에는 어디에도 나오지 않는 투르라는 도시의 작은 레스토랑에서 야나세 씨의 진짜 요리 연구가 수련이 시작된 것이다.

지금도 야나세 씨는 집주인 부부를 가리켜 "제 프랑스 아빠, 엄마죠"라고 말한다.

그런데 그 반년 뒤, 부모처럼 대해준 따뜻한 집을 뛰쳐나왔다. 네 살 연상의 프랑스인 의사와 사랑에 빠졌기 때문이다.

파티와

바캉스의 나날

지인의 카페에서 처음 만난 정신과 의사인 그는 스웨덴인과 프랑스인의 혼혈로, 몸집이 크고 금발에 눈동자는 회색빛이 도는 푸른색을 띠고 있었다. "하지만 금발의 푸른 눈 하면 연상되는 미남은 아니에요"라고 야나세 씨는 잘라 말한다. 머리가 좋고, 다른 사람을 웃기기 좋아하는 사람. 기억력이 뛰어나서 사귀고 꽤 시간이 지난 뒤에도 처음 만났을 때 야나세 씨가 어떤 옷을 입었고 무슨 색깔 매니큐어를 발랐는지, 처음 나눈 이야기는 무엇이었고, 그때 야나세 씨가 어떻게 웃었는지를 상세히 기억했다. 갑자기 모두의 앞에서 난해한 수식을 술술 풀어 보이기도 했다.

"수다 떠는 걸 좋아하고, 쾌활하고, 성격이 매력적이에요. 약간 천재적인 기질이 있는 스마트한 사람이었는데, 사실은 몹시 외로움을 나서 늘 누군가와 함께 있지 않으면 안심되지 않는 구석이 있었어요. 성을 가지고 있을 정도로 유복한 집안이었지만, 부모님이 열네 살 때 별거를 하면서 어머니는 여동생을 데리고 스웨덴으로 돌아가버렸어요. 머지않아 아버지도 다른 파트너와 살기 시작해서 그 사람은 가정부 할머니와 단둘이 남았어요. 복잡하고 쓸쓸한 가정환경에서 자란 탓에 혼자 있는 걸 힘들어해서 항상 사람들이 있는 곳에 가고, 사람들에게 둘러싸여 있고 싶어서 일부러 쾌활하고 수다스럽게 행동했던 것 같아요. 틈만 나면 밖에 나가고, 초대는 거절하지 않아요. 근데 그거 피곤한 일이잖아요. 집에 돌아오면 녹초가 되어버리는 날도 있었어요."

만난 직후부터 둘이 살기 시작했다. 마치 꿈처럼 평화롭고 로맨틱한 나날이었다. 주말마다 그의 본가인 오를레앙 교외에 있는 수영장 딸린 커다란 저택에 가고, 긴 바캉스는 코르시카섬에서 보냈다. 그곳에는 그의 부모님이 소유한 고성古城이 있었다. 도쿄에서 자란 야나세 씨는 그곳에서 태어나 처음으로 대자연에 둘러싸인 생활을 경험했다.

"가정부 할머니와 시장에도 가고, 블랙베리를 따러 가서 1년치 잼도 만들었어요. 살구, 헤이즐넛, 복숭아, 딸기, 미라벨. 이 계절에는 이 과일과 채소를 먹는다, 이런 제철 요리의 지혜를 잔뜩 배웠어요. 저택의 정원사는 정원에서 벌을 길러 꿀까지 채취

했어요. 당연하다는 듯이 계절의 은혜로운 산물로 잼과 과자를 만들었죠. 그때는 결혼해서 아내가 될 생각밖에 없었기 때문에 정말 매일이 꿈같았어요."

그를 만나기 전까지 프랑스에서 보낸 나날은 긴 여행 같은 것이었다. 자신은 언제나 이방인이고 나그네였다. 그런데 그와 살게 된 뒤로 여행이 아니라 처음으로 '생활'로 바뀌었다. 그 사람을 통해 친구도 점점 늘어났다.

"친구 집에 초대받기도 하고 초대하기도 했죠. 그러면 다들 디저트는 직접 구운 케이크나 타르트로 대접해요. 동세대 프랑스인들의 땅에 발을 붙인 일상이라는 것을 처음 접하며 생활에 기인한 과자와 요리, 그리고 생활을 풍성하게 하기 위한 지혜와 비법을 배웠어요. 정말 즐거운 시간이었죠."

그 사람의 부모님도 흔쾌히 받아주어 행복한 시간이 갈수록 커져갔다. 서로 결혼을 의식하기 시작하던 어느 날 무심코 그가 물었다.

"넌 이제부터 뭘 할 생각이야?"

응? 하고 엉겁결에 되물었다.

"당신 아내가 되면 집안일을 하셨지?"

그는 진심으로 놀란 표정으로 의아하다는 듯 고개를 갸웃했다.

"뭐? 말도 안 돼. 연애를 하든 결혼을 하든 좀더 '인디펜던트'

하게 살아야지."

"인디펜던트라니?"

그때는 제대로 해석하지 못했지만, 지금은 그의 마음을 언어화할 수 있다.

"문화도 말도 다른 제가 이국에서 살다보면 크건 작건 핸디캡이 따를 수밖에 없잖아요. 집에 들어가 전업주부가 되어버리면 그 사람의 생활에 흡수되어 보호받을지는 몰라도 발전이 없을 테니, 그러다보면 네가 나에게 더는 매력적인 여성이 아닐 것 같은데? 이렇게 말하고 싶었던 게 아닐까요."

그의 부인이 아닌 '구미코'로 살아갈 장소를 만들어야 한다는, 개개인을 존중하는 프랑스 사람다운 사고방식은 지금이라면 너무 잘 이해하지만 당시에는 '조금 불안했다'고 한다.

연애 이전,

연애 이후

그 사람과 결혼해 프랑스 땅에 뼈를 묻을 작정으로 일본에서 필요한 서류를 전부 들여와 이제는 혼인신고만 하면 되는 상태였다. 그러나 매사에 지나칠 만큼 섬세했던 그가 조금씩 정신병을 앓기 시작했다.

"이렇게 말하면 암울한 연애 때문에 이상한 트라우마가 생겼겠다고 생각할지 모르지만 그렇지 않아요. 그 사람과의 생활은 두 단계가 있었어요. 1단계는 처음 만나 사랑에 빠지고 성과 밭에서 보낸 꿈같은 나날. 2단계는 그의 정신이 망가지기 시작하고부터의 나날이죠. 저는 원래 몸도 기질도 튼튼하지만, 그 사람과 지내면서 그런 부분이 더 강화되었어요. 양쪽 다 소중한 시간이었고 즐거운 일이 압도적으로 많았어요."

어린아이처럼 순수해서 그 점에 가장 마음이 끌렸다. 그렇지만 그 순수한 면이 힘겹기도 했다.

"시인 요시하라 사치코吉原幸子 씨의 작품 중에 '순수란 이 세상 단 하나의 병입니다'라는 구절이 나오는데, 딱 그거예요. 그 사람은 순수해서 매력적이었지만 순수해서 망가졌어요."

당시 그는 에이즈 환자의 심리 치료나 젊은이를 대상으로 섹스와 에이즈에 관한 올바른 지식을 계몽하는 자원봉사단체를 이끌었다. 그래서 늘 그와 야나세 씨 주위에는 수많은 에이즈 감염자와 환자가 있었다. 그런데 개중에는 치료한 보람도 없이 죽음에 이르는 환자나, 에이즈를 비관해 자살을 선택하는 사람도 있었다. 스스로 사재를 들여 시작한 단체와 활동이었지만, 섬세한 그에게 환자의 죽음은 견디기 힘은 깊은 상처가 되었다. 환자가 죽을 때마다 몹시 침울해했다. 한편 그 활동이 세간의 주목을 받으면서 스태프나 돈이 얽힌 여러 분쟁이 일어났다. 마음고생과 스트레스가 거듭되면서 그의 마음은 서서히 망가져갔다. "저와도 사소한 다툼이 있으면 '너도 어차피 우리 엄마처럼 내가 싫어지면 네 나라로 떠날 거잖아?' 이런 폭언을 퍼붓곤 했어요. 어쨌든 여러 가지로 불안했어요. 신경안정제와 수면제를 닥치는 대로 먹고 만취할 때까지 술을 마셨죠. 제가 '상담을 받자'거나 '당신은 지금 정상이 아니니까 병원에 가자'라고 말하면 '정신과나 상담사가 얼마나 엉터리인지는 내가 제일 잘 알아!' 이렇게 대꾸했어요."

증상이 심해지자 스스로에게 엽총을 들이대려고 하는 일도 있었다. 그렇지만 서로 사랑하고 두 사람의 마음만은 하나라는 확신이 있었다.

"그래서 오만하게도 나는 그 사람을 구해줄 수 있다고 생각했어요."

야나세 씨는 지나간 과거에 애정을 가지고 침착하게 말했다. 원한이나 푸념이 아니라, 한결같이 사랑했지만 그랬기 때문에 파국으로 이어질 수밖에 없었던 사랑을 조금도 후회하지 않는다는 마음이 느껴졌다.

"그때는 인디펜던트는커녕, 내가 더 잘해야겠다는 생각에 사로잡혀 있었어요. 그렇지만 서로 사랑한다는 확신 때문에 오히려 잘 풀리지 않는 경우도 있어요."

좋아졌으면, 나아졌으면 하는 일념으로 그를 돕고, 격려하고, 받아주고, 지켜보았다. 하지만 조금만 눈을 떼면 그는 죽음으로 향하는 계단을 내려가려 했다.

몇 번째인가의 자살 미수를 목격했을 때 야나세 씨는 이루 말할 수 없는 고독과 절망을 느꼈다.

"제 기대와 애정도 그를 망가뜨린다는 걸 깨닫자 견딜 수 없는 고독감과 무상함이 덮쳐왔어요. 그때 생각했죠. 아아, 인디펜던트구나. 아무리 사랑해도, 아무리 돕고 싶어도 상대방의 마음속을 100퍼센트 이해하기란 불가능하고, 만약 이해했더라도 자신을 희생해서까지 그를 돕기란 불가능하다. 서로가 자신의 발로 서지 않으면 안 된다. 그러니까 인디펜던트하게 살 수밖에 없구나."

사랑이란 이리도 복잡하고 제멋대로인 걸까. 내 사랑이 그 사람을 망가뜨릴 줄이야.

절망을 맛보면 사람은 강해지는지도 모른다. 야나세 씨는 스스로 그 생활에 종지부를 찍기로 결심했다.

'나랑 있으면 이 사람은 무너져. 두 사람 다 자신의 발로 서서 걸어가기 위해 헤어지자.'

노동허가증도 없는 내가 내 발로 설 수 있는 장소는 일본밖에 없다.

그리하여 그녀는 그때까지의 생활을 모두 버리고 여행가방 하나만 가지고 귀국했다. 갈 때는 없었고 돌아올 때 생긴 건 요리학교 시절에 산 파운드 틀과 티세트. 그리고 그 사람에게 선물 받은 뒤로 두 사람의 일상과 함께했던 고양이 타마.

고양이를 꽉 끌어안은 야나세 씨는 눈물로 뒤범벅된 얼굴로 나리타공항에 내려섰다. 스물아홉을 목전에 두고 있었다.

결혼해서 아내가 될 생각밖에 없었던 그녀는 이별을 통해 진짜 인디펜던트를 손에 넣었다. '인디펜던트'란 '독립적인' '자주의' '자유로운' '(남에게) 의지하지 않는'이라는 뜻이다.

그 사람은 그녀에게 인생에서 가장 소중한 보물을 선물한 것이다.

귀국 후 지인의 소개로 광고대행사에서 아르바이트를 시작했는데, 그 일을 계기로 푸드코디네이터라는 직업을 알게 되었다. 서른 살에 푸드코디네이터로 독립하여 자신의 요리 사진을 정리한 파일을 들고 여러 출판사 편집부와 대행사를 돌며 홍보를 했다. 스승이 없으니 스스로 터득해가는 수밖에 없었다. 요리를 잘하는 사람은 얼마든지 있다. 그중에서 어떻게 나의 개성을 드러낼까.

뇌리에 떠오른 것은 프랑스에서의 생활이었다. 땅에 발을 붙인 일상에서 피어나는, 생활에 기인한 과자와 가정요리, 그리고 생활을 풍성하게 하기 위한 지혜와 비법. 무슈 바이, 가정부 할머니, 파티에 초대해준 친구가 만들었던 제철 과일과 식재료 중심의 소박하고 따뜻한 프랑스 과자와 요리를 일본의 식탁에 제안하자. 그거라면 자신도 할 수 있겠다 싶었다. 그것이야말로 야나세 씨만이 가능한 요리이자 개성이다.

레시피와 함께 낡은 집을 애지중지하며 사용하는 라이프스타일도 젊은 여성을 중심으로 큰 인기를 얻어 요리 연구가로서 잡지 등의 일도 늘었다. 독립한 지 23년, 현재까지 일이 끊이지 않고 이어지는 건 앞에서 말한 대로다.

예의 그 사람과는 지금도 페이스북으로 연락을 한다. 프랑스에 가서 시간이 있으면 만나기도 한다. 내년에 6년 만에 만날 약속을 했다고 한다.

"친구는 아니에요. 친척 같은 존재랄까요?"라고 그녀는 설명한다.

생각날 때 라인으로 메시지를 보내거나 그의 옛 연인들과 메일을 주고받기도 한다.

"아마 우리는 서로에게 무슨 일이 있든 100퍼센트 서로의 편일 거예요. 그 사람이 궁지에 몰려 있으면 응원할 거고, 그 사람을 나쁘게 말하는 사람이 있으면 반론할 거예요……. 그 사람도 그리 생각할 테고요. 그렇지만 이제 평생 만나지 않아도 좋아요. 행복하게 지내준다면 그걸로 충분해요. 그렇죠? 정말 친척 같죠?"

취재 중에 이런 질문을 했다.

"그 사람을 통해 얻은 건 뭐예요?"

대답하는 데 며칠은 고민했다는 그녀에게서 겨우 도착한 메일에는 이렇게 쓰여 있었다.

"독립심이었던 것 같아요."

요리 연구가가 되기까지의 과정을 지탱했던 세 글자가 컴퓨터 화면 속에서 유독 반짝반짝 빛나 보였다.

야나세 구미코(柳瀬久美子)
1963년 도쿄 출생. 고등학교 여름방학 때 했던 제과점 아르바이트를 계기로 요리의 길로 들어섰다. 도쿄 내 양과자점 근무 등을 거쳐 프랑스로 건너갔다. 귀국 후 푸드코디네이터로 독립. 요리와 과자 교실 운영. 저서 다수.

지나치게
생각하지 않는
행복

살보트 교코 씨
요리 연구가 | 45세
세타가야구 | 테라스하우스

13년 전, 서른두 살의 나이로 결혼하던 날에 초등학교 3학년 남자아이와 초등학교 1학년 여자아이의 어머니가 되었다. 남편은 네 살 위의 프랑스인으로 일본에서 어학을 가르친다. 살보트 교코 씨는 남편의 어학교실 학생이었다.

아직 요리 연구가가 아니라, 2년간 프랑스에서 요리 수련을 하고 귀국해 요리 연구가 아리모토 요코有元葉子 씨와 우에노 마리코上野万梨子 씨의 서포트를 부정기적으로 맡던 무렵이다. 교코 씨는 말한다.

"남편은 결혼할 때 아이들에게 '교코는 너희의 엄마가 아니야. 아빠의 새로운 아내이자 가족이지. 그러니 엄마라고 부르는 건 틀렸어. 어머니는 세상에 한 사람뿐이니까'라고 자상하게, 하지만 단호하게 가르쳤어요. 불안으로 가득 차 있던 저는 아, 엄마가 되어야만 하는 건 아니구나 싶어 안도의 한숨을 내쉬었던 기억이 나요."

라이프스타일을 공개해서 인기가 더욱 높아지는 요리 연구가도 많지만, 교코 씨는 자진해서는 그다지 사생활에 관해 이야기하고 싶어 하지 않는다. 말수가 많은 편도 아니다. 잡지나 TV프로그램에서 활약하는 그녀의 인상은 내가 보기에 '장인에 가까운 요리 연구가'이다. 오랜 세월 요리 연구가의 어시스턴트로 뒤에서 일했기 때문일까. 자신의 캐릭터를 전면에 내세우거나, 라이프스타일 등 요리가 아닌 분야에서 주목받는 일에 익숙하지 않다.

그런 그녀가 띄엄띄엄 이야기를 시작했다. 말을 고르면서 신중하게. 하지만 물어보는 건 뭐든 대답하겠다는 조용한 각오가 전해진다. 결혼한 지 10년. 올봄에 막내가 대학에 진학했다. 열여덟 살까지는 자신의 손으로 키우겠다며 양육 중심으로 지내온 나날을 일단락 지었다. 요리일에 전념하고자 요리교실을 위해 자택이 아닌 세타가야에 스튜디오 형태의 집을 빌렸다.

지금까지 걸어온 나날을 손으로 건져 올려 잠깐 바라보고 싶은 것이라고 나는 생각했다. 정신없이 육아와 일과 아내 역할을 병행해온 나날을 돌아보고 다시 새로운 마음으로 앞을 향해 걸어 나가고 싶은 건지도 모른다. 이렇게 해서 결혼과 동시에 가족이 네 명이 되었던 결혼 초기의 이야기가 시작되었다.

생각해도 별수 없는 일은
생각하지 않기로 정한 날

전부인인 일본인 여성과 이혼한 남편은 프랑스로 귀국한다는 선택도 가능했을 것이다. 실제로 그의 부모님은 손주들을 데리고 돌아오라고 한 모양이다. 하지만 남편은 교코 씨와 넷이서 지내는 길을 택했다.

"제가 있었다는 이유만으로 남은 건 아니에요. 일본에 있으면 아이들이 친어머니와 언제든 만날 수 있죠. 떼어놓고 싶지 않았을 거예요."

교코 씨는 분명 그런 선택을 하는 아버지로서의 그의 삶도 포함해서 사랑하고 있다. 이 사람으로 인해 행복해지려 하지 않는다. '나는 이 사람을 행복하게 해줄 수 있다'고 직감적으로 생각했단다.

그렇지만 초혼인 교코 씨가 하루아침에 엄마가 된다는 데 망설임은 없었을까.

"처음 아이들과 만났을 때 정말 진심으로 귀엽고 착한 아이들이라고 생각했어요. 그 사람은 물론이고 아이들 역시 저를 필요로 한다는 분명한 직감이 들었죠. 그래서 망설이지 않았어요. 이상할 정도로 주저하지 않았죠."

남편은 가정교육이 엄격해서 열여덟 살까지는 부모의 말을 듣고, 그다음부터는 자유와 자립을 존중한다는 확고한 방침이 있었다. 어린아이들에게 '교코는 어머니가 아니라, 새로운 가족'이라고 자상하고 간절하게, 그러나 단호하게 가르쳤다. 다정하게 이야기하는 아버지. 동그랗고 귀여운 눈으로 아버지를 쳐다

보며 무릎을 꿇고 앉아 이야기를 듣는 두 아이. 그 광경은 지금도 뇌리에 남아 있다.

도쿄 교외의 테라스하우스에서 새로운 생활이 시작되었다.

이쯤에서 그녀의 간단한 약력을 소개할까 한다. 프랑스 요리교실을 운영하던 이모의 어시스턴트를 하다가 2000년에 프랑스로 건너갔다. 르코르동블뢰 파리, 리츠 등의 요리학교를 졸업하고 크리용호텔 조리장으로 근무했다. 귀국 후에는 이모의 밑으로 돌아가 더욱 솜씨를 갈고닦은 뒤, 프로 요리 연구가 우에노 마리코 씨, 아리모토 요코 씨 밑에서 어시스턴트로 일했다. 결혼한 것은 이 시절의 일이다. 육아와 요리일을 하는 동시에 또 하나 소화했던 게 남편 전처의 가게 일을 돕는 것이었다. 일손이 부족해 곤란한 상황이었다.

"보통 사람들은 잘 이해하지 못하겠죠. 하지만 내가 사랑하는 아이들에게 엄마는 그녀니까 그 점은 소중히 여기자 싶었어요. 아이들을 위해 내가 할 수 있는 일이 있다면 도와줘야겠다고 자연스럽게 생각했어요. 그러면 아이들의 어머니가 편해지고, 결과적으로 그 사람과 매주 만날 수 있어 아이들의 마음이 안정될 거라는 생각이었죠."

그렇게 많은 일을 하면서도 아이를 중심으로 생활하는 페이

스만은 지켰다. 외롭다는 생각이 들지 않게 하겠다는 일념으로 "다녀왔습니다" 하고 집에 돌아왔을 때 "어서 와" 하고 말해줄 수 있도록 일의 스케줄을 짰다. 아이들은 교코, 교코 하며 잘 따라주었다. 그 아이들의 존재가 빛이었다.

"그렇게 자라준 것도 남편이 교육 방침을 일관되게 지켰기 때문이라고 생각해요. 어른의 시간, 아이의 시간을 확실히 구분했어요. 그런 분별을 무너뜨리는 것에 대해서는 엄격했어요. 그리고 열여덟 살이 되면 자립하라고 했죠. 자유롭게 하고 싶은 걸해도 좋다. 대신 스스로 책임을 지라는 말이죠. 정말 그의 말대로 열여덟 살이 된 순간 일절 아무 말도 하지 않았어요. 신뢰하는 거죠. 개개인을 소중하게 여기는 프랑스인다운 사고방식이라고 생각해요."

그녀는 차분하게 가라앉은 독특한 공기를 온몸에 감싸고 담담하게 말한다. 아무리 물어도 푸념이나 약한 소리가 나오지 않는다. 그렇다고 해서 넘치는 말도 없다. 알맞은 양의 말과 겉으로는 드러내지 않지만 확고한 '자신'이 있다.

아무리 그래도 전치의 가세를 놓고, 새어머니로서 아이들 중심의 생활을 하고, 아내 역할도 한다. 신혼생활이란 좀더 달콤하고 '힘이 빠진' 것이 아닐까.

그렇죠, 하고 그녀는 한 번 깊은 호흡을 내뱉었다. 그러고는

"알아차리지 못했지만 제가 너무 애를 썼더라고요"라고 중얼거렸다. 결혼 4년 차, 그렇게 깨닫게 한 커다란 사건이 있었다.

어느 날 좀처럼 낫지 않는 구내염이 걱정되어 몇 군데인가 병원을 돌아다녔다. 세번째 병원에서 설암을 선고받았다.

"요리를 생업으로 하는 내가 하필이면 혀라니. 갑자기 죽음이라는 게 가깝게 느껴지니까 혼란스러웠어요. 살고 죽는 문제보다 미각을 잃을지도 모른다는 사실이 더 두렵고 충격이었죠."

어째서 나인가. 왜 혀인가. 누구도 정답을 알려주지 않았다. 의사는 절제를 권했다. 사례도 전문가도 적어서 무엇이 정답이고 무엇이 틀렸는지 모른 채로 망연자실했다.

결단을 내린 건 남편이었다.

"안이하게 자른다는 것도 이해가 가지 않고, 교코는 요리일도 하고 있잖아. 난 자르는 건 절대로 반대야. 자르지 않고 달리 방법이 없는지 잘 알아보고 나서 판단하자."

갖은 방법을 알아보다가 일본에서도 몇 안 되는, 방사선 바늘을 혀에 삽입해 몸 안쪽에서 암세포를 죽이는 치료법을 찾았다.

자르지 않는다 해도 투병생활은 고통스럽다. 몸 안쪽부터 방사능에 노출되는 탓에 안전한 격리 병동에 입원한다. 의사도 간호사도 두꺼운 철판 너머에서 치료를 한다. 가족은 만날 수 없다. 2주간 격리되었다가 그 뒤에는 경과를 관찰한다. 통원하며

받는 검사에서는 암세포의 사멸 상태와 전이 유무를 체크한다. 재발 위험은 5년에 반으로 감소한단다. 5년간 통원했지만 재발은 없었다.

너무 애쓰지 않음을

받아들이다

죽음을 피부로 느끼며 산 5년은 그녀의 인생관을 바꾸었다.

"전 술도 그다지 마시지 않고 담배도 피우지 않지만 설암에 걸렸어요. 인생에는 자기 힘으로는 어쩔 도리가 없는 일도 일어나더군요. 고민해봐야 별수 없는 일이 있어요. 그렇다면 지나치게 생각하지 말자, 무리하지 말자고 결심했어요."

말로 하면 짧다. 하지만 시사하는 바가 크다.

그때까지만 해도 남편과 수없이 싸웠다. 특히 자녀의 교육 방침을 놓고는 서로가 기를 쓰고 충돌하는 일이 잦았다. "교육에 관해서는 침견하시 말아달라"고 남편이 말해 발끈했던 적도 있다.

하지만 인간관계는 아무리 애를 써도 100퍼센트 서로를 이해하리라는 보장은 없다. 부족한 자신을 받아들이고 자신을 용서

하는 일도 중요하다는 걸 알게 됐다.

"남편 전처의 가게를 돕는 게 아이들을 위해서나 모두에게도 좋을 거라 믿고 해왔지만, 그것도 제 아집이었어요. 어딘가에서 스트레스가 쌓이고 있었다는 걸 깨달았죠. 무리를 해서까지 한 일은 선의가 될 수 없어요. 병을 앓고 난 뒤에는 내가 행복하려면 어떻게 해야 될까를 첫째로 생각하게 됐어요."

우선 가게 일 돕는 걸 그만뒀다. 그리고 무리하거나 여러 가지로 머리 아프게 생각하는 것도 그만뒀다. 말은 쉽지만 사실은 이게 의외로 어려울 것 같다.

"맞아요, 노력하는 건 좋은 일이라고 배우며 자란 세대니까요. 하지만 앞서서 일어날지 말지 모르는 일을 걱정하기보다, 하고 싶은 일을 하자. 무리는 하지 말자고 결심하니까 무척 편안해졌어요."

그 무렵, 자택에서 요리를 가르쳐주지 않겠느냐고 제안하는 사람들이 늘어났다. 부탁을 받고 부정기적으로 가르치는 경우는 있었지만, 정기적으로 교실을 열어달라는 것이었다. 지나치게 생각하지 말자고 결심한 교코 씨는 그 제안에 응하기로 했다.

"그전에도 종종 요리교실은 열지 않느냐는 질문을 받았어요. 그때마다 당치도 않다, 서포트 일이 좋기도 하고 쑥스러워서 못한다고 말해왔어요. 하지만 아프고 나서, 나를 필요로 하는 일이 있다면 해보고 싶다, 내가 쌓아온 것으로 나 자신에게 남길 수 있는 것이 있다면 그건 레시피다, 라고 생각했죠. 살아 있다는 증거? 네, 그럴지도 몰라요. 레시피라는 형태로 그걸 전하고 싶다는 욕심이 생겼어요. 입원 전과 똑같은 인생을 산다고 생각하니 아깝더라고요."

다시금 등을 떠민 것은 남편이었다.

"하면 되잖아! 교코의 요리를 많은 사람이 먹고 기뻐하는 건 근사한 일이야."

평소에도 "오늘 이 요리 맛있네" "오늘도 고마워"를 빠뜨리지 않는 남편의 그런 말은 천군만마였다. 남편은 인생에서 갈팡질팡할 때 중심을 잡아주는 말을 해준다.

그 후 그녀가 제안하는 부담 없는 프랑스 가정식 요리는 인기가 높아져 방송과 잡지 등에서 러브콜을 받고 요리 연구가로서 활발히 활동하는 현재에 이른다.

"남편과 결혼하지 않았더라면 요리 연구가가 되지 못했겠죠. 이것저것 지나치게 생각하느라."

교코 씨의 요리교실 메뉴는 손이 너무 많이 가지 않고 맛을 지나치게 첨가하지 않는다는 특징이 있다.

"요리는 자기 자신과 가족을 위한 거예요. 가르쳐드리면 집에 돌아가서 간은 가족의 입맛에 맞게 하라고 말한답니다. 그게 그분의 레시피가 되죠. 가정식 요리는 이대로 만들지 않으면 안 된다는 정답이 없으니까요. 그분의 입맛대로 만들었으면 해요."

첨가하지 않는다. 지나치게 가르치지 않는다. 지나치게 말하지 않는다. 지나치게 생각하지 않는다. 무슨 일이든 과잉이 되기 쉬운 오늘날, 덜어내야만 보이는 본질이 있다. 그것을 깨닫게 해준 건 아마 병이고 남편이리라.

결혼 이래 쭉 살고 있는 테라스하우스의 부엌에서 최근 저녁 식사를 부부 둘이서만 하는 일이 잦다. 아들은 유학 중이고, 대학생인 딸은 아르바이트로 바쁘기 때문이다. 양육이 일단락되면 이야깃거리도 없어져 부부의 대화도 줄지 않느냐고 물었다. 교코 씨는 "아니, 왜요? 다른 부부는 그런가요?" 하며 웃었다.

"남편은 옛날부터 제 요리교실이 늦어지면 '언제 끝나?' 하고 묻는 사람이었어요. 일은 중요하지만, 부부의 시간도 그 이상으로 중요하다고 생각하거든요. 지금도 매일 밤 느긋하게 와인을 마시며 이야기를 나눠요. 아주 오래전부터 변함없이 그래왔어요."

남편이 좋아하는 건 파테 드 캉파뉴. 프랑스의 대표적인 가정식 요리인데, 만들 때마다 매번 기쁜 듯이 눈을 반짝인다. 그걸 안주 삼아 와인을 마실 때가 가장 행복한 순간이라고 한다.

대화가 다져온 시간의 농도는 애정의 깊이와 비례한다. 자녀가 독립하면 대화가 없다니 창피한 질문을 하고 말았다.

서로의 차이나, 모든 것을 이해하는 건 불가능하다는 사실을 받아들이면 부부 사이에 흐르는 바람도 바뀐다. 전부 안다고 생각하는 편이 무서운 일인지도 모른다.

살보트 교코(サルボ恭子)

1971년 도쿄 출생. 요리 연구가인 이모를 사사한 뒤 프랑스로 건너갔다. 파리의 유명 호텔에서 근무하다 귀국해 독립. 요리 연구가인 우에노 마리코 씨, 아리모토 요코 씨를 서포트했으며, 현재는 요리교실을 운영한다. 저서 다수.

거리를 걷다 뜻밖에 그 옛날 연인과 나란히 앉았던 카페나 약속 장소였던 서점 앞을 맞닥뜨려 가슴이 꽉 조여올 때가 있다. 끝났다고 믿었던 사랑의 상처가 미세하게 벌어져버리는 탓이다. 사람들의 부엌에도 닮은 구석이 있다. 연인의 잔향을 말끔히 지웠다고 생각했는데, 쓰다 만 발사믹식초나 도시락통, 위스키병 하나에 문득 잊었던 쓰라림이 되살아난다.

특히 오래된 부엌은 생활의 흔적이 쉽게 눈에 띈다. 하지만 반짝반짝한 새 부엌에서도 많은 것이 들여다보여 허투루 볼 수가 없다.

수납 습관, 좋아하는 것과 싫어하는 것, 식재료를 비축하는 양, 냉장고를 채우는 방식, 가전제품이 새것인지 헌것인지, 부억칼 날의 반짝임, 세제의 브랜드. 나는 그러한 일상의 단편을 단서로 그곳에 사는 사람의 인생과 가치관을 탐색한다. 부엌 세간을 설명하다가 갑자기 잊었던 사랑의 기억이 되살아나 말을 잇지 못하는 사람이 있으면 눈물이 그칠 때까지 기다린다. 그러면서 아아, 부엌에 관해 이야기한다는 건 연인과 지나던 거리를 걸을 때와 비슷하구나 하고 어렴풋이 생각한다. 사는 사람도 부엌에 관해 이야기하면서 기억의 저편에 두고 온 자신과 재회한다. 그런 일이 순식간에 이루어지는 취재 장소는 달리 많지 않다.

보통 때라면 다른 사람에게 보여주지 않을 비밀 공간을 기꺼이 취재하게 해주신 분들께 다시금 진심으로 감사 인사를 전한다. 고맙습니다.

또 실례를 무릅쓰고 이 자리를 빌려 인사를 드리고 싶은 분들이 있다.

전작 『도쿄의 부엌』에 이어 이 책의 바탕이 되는 연재 「도쿄의 부엌」(『아사히신문』 디지털 '&w')을 위해 힘써주신 아사히신문사의 후쿠야마 에이코 씨, 쓰지카와 마이코 씨, 모로나가 유지 씨.

전작과 마찬가지로 기획부터 쭉 함께 달려와준 헤이본샤출판사 편집부의 사토 아키코 씨, 북디자이너 요코스카 다쿠 씨.

그리고 "사람 이야기를 써보라"며 연재가 시작되기 전부터 등을 밀어주신 작가 시게마쓰 기요시 씨는 띠지에 주옥같은 말도 써주셨다("오다이라 가즈에 씨는 부엌에서 행복론을 발견한 콜럼버스입니다").

이분들 모두 140번이 넘는 취재 과정에서 방향을 잃을 뻔했을 때 지지해주시고 길잡이가 되어주셨다. 어느 한 분만 안 계셨어도 이 책은 태어나지 못했다.

고맙습니다.

그럼 이번에는 이 책을 읽어주신 당신의 부엌문을 노크하러 가겠습니다. 땀을 닦으며 카메라를 메고 찾아가겠습니다. 그때는 평소 쓰는 찻잔에 평소 마시는 차를 한잔 주세요.

오다이라 가즈에

부엌에서 마주한 사랑과 이별

그 남자, 그 여자의 부엌

초판 인쇄 2018년 11월 2일
초판 발행 2018년 11월 12일

지은이 오다이라 가즈에
옮긴이 김단비
펴낸이 정민영
책임편집 임윤정
편집 김소영
디자인 이효진
마케팅 정민호 이숙재 정현민 김도윤 안남영
제작처 더블비(인쇄) 중앙제책(제본)

펴낸곳 (주)아트북스
브랜드 앨리스
출판등록 2001년 5월 18일 제406-2003-057호
주소 10881 경기도 파주시 회동길 210
대표전화 031-955-8888
문의전화 031-955-7977(편집부) 031-955-3578(마케팅)
팩스 031-955-8855
전자우편 artbooks21@naver.com
페이스북 www.facebook.com/artbooks.pub
트위터 @artbooks21

ISBN 978-89-6196-339-8 03830

이 도서의 국립중앙도서관 출판예정도서목록(CIP)은 서지정보유통지원시스템 홈페이지(http://seoji.nl.go.kr)와
국가자료공동목록시스템(http://www.nl.go.kr/kolisnet)에서 이용하실 수 있습니다.
(CIP제어번호: CIP2018031602)